O Bobo

Alexandre Herculano

Copyright © 2015 da edição: DCL – Difusão Cultural do Livro

Equipe DCL – Difusão Cultural do Livro

DIRETOR EDITORIAL: Raul Maia
EDITOR: Marco Saliba
ASSESSORIA DE EDIÇÃO: Millena Tafner
GERENTE DE ARTE: Vinicius Felipe
ILUSTRAÇÃO DA CAPA: João Lin
GERENTE DE PROJETOS: Marcelo Castro
SUPERVISÃO GRÁFICA: Marcelo Almeida

EDIÇÃO 2015

Equipe Eureka Soluções Pedagógicas

EDITOR DE ARTE: Gustavo Garcia
EDITORA: Luana Vignon
ASSISTENTE DE EDIÇÃO Roseli Souza
DIAGRAMAÇÃO: Leonardo Naves de Oliveira
COMENTÁRIOS E GLOSSÁRIO: Pamella E. Brandão Inacio
REVISÃO DE TEXTOS: Murillo Ferrari

TEXTO CONFORME O NOVO ACORDO ORTOGRÁFICO DA LÍNGUA PORTUGUESA

Dados Internacionais de Catalogação na Publicação (CIP)
(Câmara Brasileira do Livro, SP, Brasil)

```
Herculano, Alexandre, 1810-1877.
   O bobo / Alexandre Herculano ; capa João Lin. --
1. ed. -- São Paulo : DCL, 2014. -- (Coleção
grandes nomes da literatura)

   "Texto integral com comentários"
   ISBN 978-85-368-2020-0

   1. Romance português I. Título. II. Série.




14-00747                                        CDD-869.3
```

Índices para catálogo sistemático:
1. Romances : Literatura portuguesa   869.3

Impresso na Espanha

Editora DCL – Difusão Cultural do Livro
Rua Manuel Pinto de Carvalho, 80 – Bairro do Limão
CEP: 02712-120 – São Paulo – SP
www.editoradcl.com.br

Sumário

APRESENTAÇÃO 5
I INTRODUÇÃO 7
II DOM BIBAS 12
III O SARAU 21
IV RECEIOS E ESPERANÇAS 28
V A MADRUGADA 35
VI COMO DE UM HOMENZINHO SE FAZ UM HOMENZARRÃO 40
VII O HOMEM DO ZORAME 49
VIII RECONCILIAÇÃO 53
IX O DESAFIO 63
X GENEROSIDADE 70
XI O SUBTERRÂNEO 74
XII A MENSAGEM 82
XIII A BOA CORDA DE CÂNHAMO DE QUATRO RAMAIS 90
XIV AMOR E VINGANÇA 100
XV CONCLUSÃO 110

APRESENTAÇÃO

O AUTOR

Alexandre Herculano de Carvalho e Araújo nasceu no ano de 1810 em Lisboa, Portugal. Filho de Maria do Carmo Carvalho de São Boaventura e Teodoro Cândido de Araújo, Alexandre Herculano estudou no Colégio dos Padres Oratorianos entre 1820 e 1825. No entanto, não pôde ingressar seus estudos acadêmicos na universidade pois seu pai, acometido de cegueira em 1827, ficou impossibilitado de sustentar a família. Apesar de não ter obtido formação universitária, o jovem Herculano estudou latim, lógica e retórica, além de estudar matemática na Academia da Marinha Real, já que intencionava seguir carreira na área comercial.

Alexandre Herculano foi um intelectual muito respeitado no seu tempo: o autor foi historiador, poeta, jornalista e romancista. Entre as obras de produzidas, destacamos os romances históricos *O Bobo*, de 1843, e *Eurico, o Presbítero*, de 1844. Evidenciamos também a sua atividade como historiador reconhecido, com livros como *História de Portugal* (1846-53) e *História da Origem e estabelecimento da Inquisição em Portugal* (1854-59). Com Almeida Garret, introduz o Romantismo em Portugal, em que desenvolvem a prosa de ficção moderna.

O autor morreu em 13 de setembro de 1877 e foi sepultado no Mosteiro dos Jerônimos, em Portugal.

O ENREDO

A obra é ambientada no ano de 1128 e tem como trama principal os dias que antecedem a batalha medieval de D. Afonso Henriques contra sua mãe, D. Teresa, e seu amante, Fernando Peres, pelo trono português. Porém, o destaque da obra vai para D. Bibas, o bobo, que recusa lealdade a Fernando Peres e exalta a volta de Afonso Henriques para a assumir a coroa portuguesa.

Ao longo do romance, D. Bibas ridiculariza Fernando Peres, além de ouvir conversas em que este trama contra o seu adversário. O bobo é surpreendido e é punido com castigos corporais e, por isso, jura vingança. Temos também a história de amor entre Dulce, filha adotiva da rainha, e o jovem Egas Moniz. Fernando Peres inventiva o casamento da jovem com o cavaleiro Garcia Bermudez, que apesar de ter grande estima de Dulce, é preterido por ela.

Paralelamente, o autor trata das questões sobre o reconhecimento da história do país, tratando da formação da nação portuguesa e de suas conquistas.

O PERÍODO HISTÓRICO-LITERÁRIO

Influenciada pelas transformações políticas europeias da época, como a Revolução Industrial e a Revolução Francesa, nasce o Romantismo em Portugal. A nova escola literária, iniciada no final da década de 1820, pode ser dividida em três momentos.

A primeira geração romântica adota como características principais as narrações históricas e medievais e preservava atributos neoclássicos da escola anterior. Seus principais autores são Almeida Garret, Alexandre Herculano e Antônio Feliciano de Castilho.

Já na segunda geração, temos como particularidades o excesso de subjetivismo, um pessimismo exacerbado e a fantasia. Com destaque, tem-se os autores Camilo Castelo Branco e Soares Passos.

Por último, a terceira geração romântica é distinguida por seu caráter de transição, já que inicia os conceitos da escola posterior, o Realismo, e a diluição dos atributos românticos presentes nas gerações anteriores. Júlio Diniz e João de Deus são os principais autores deste momento.

I

Introdução

A morte de Afonso VI, rei de Leão e Castela, quase no fim da primeira década do século XII, deu origem a acontecimentos ainda mais graves do que os por ele previstos no momento em que ia trocar o brial[1] de cavaleiro e o cetro[2] de rei pela mortalha com que o desceram ao sepulcro no mosteiro de Sahagún. A índole inquieta dos barões leoneses, galegos e castelhanos facilmente achou pretextos para dar largas às suas ambições e mútuas malquerenças na violenta situação política em que o falecido rei deixara o país. Costumado a considerar a audácia, o valor militar e a paixão da guerra como o principal dote de um príncipe, e privado do único filho varão que tivera, o infante D. Sancho, morto em tenros[3] anos na batalha de Ucles, Afonso VI alongara os olhos pelas províncias do império, buscando um homem temido nos combates e assaz[4] enérgico para que a fronte lhe não vergasse sob o peso da férrea coroa da Espanha cristã. Era mister escolher marido para D. Urraca, sua filha mais velha, viúva de Raimundo, conde da Galícia, porque a ela pertencia o trono por um costume gradualmente introduzido, a despeito das leis góticas[5], que atribuíam aos grandes e até certo ponto ao alto clero a eleição dos reis. Entre os ricos-homens mais ilustres dos seus vastos estados, nenhum o velho rei achou digno de tão elevado consórcio. Afonso I de Aragão tinha, porém, todos os predicados que o altivo monarca reputava necessários no que devia ser o principal defensor da cruz. Por isso, sentindo avizinhar-se a morte, ordenou que D. Urraca apenas herdasse a coroa desse a este a mão de esposa. Esperava por um lado que a energia e severidade do novo príncipe contivessem as perturbações intestinas, e por outro lado que, ilustre já nas armas, não deixaria folgar os ismaelitas com a notícia da morte daquele que por tantos anos lhes fora flagelo e destruição. Os acontecimentos posteriores provaram, todavia, mais uma vez, quanto podem falhar as previsões humanas.

A história do governo de D. Urraca, se tal nome se pode aplicar ao período do seu predomínio, nada mais foi do que um tecido de traições, de vinganças, de revoluções e lutas civis, de roubos e violências. A dissolução da rainha, a sombria ferocidade do marido, a cobiça e orgulho dos próceres[6] do reino convertiam tudo num caos, e a guer-

---
1. Espécie de camisola que os cavaleiros armados vestiam sobre as armas ou, quando desarmados, sobre o fato interior
2. Bastão curto que é uma das insígnias do poder soberano
3. De pouca idade, jovem
4. Em grau elevado
5. Relativo aos godos, povo germânico
6. Os grandes de uma nação, os principais cidadãos de um estado

ra civil, deixando respirar os muçulmanos, rompia a cadeia de triunfos da sociedade cristã, à qual tanto trabalhara por dar unidade o hábil Afonso VI.

As províncias já então libertadas do jugo[7] ismaelita não tinham ainda, digamos assim, senão os rudimentos de uma nacionalidade. Faltavam-lhes, ou eram débeis grande parte dos vínculos morais e jurídicos que constituem uma nação, uma sociedade. A associação do rei aragonês no trono de Leão não repugnava aos barões leoneses por ele ser um estranho, mas porque a antigos súditos do novo rei se entregavam de preferência as tenências e alcaidarias[8] da monarquia. As resistências, porém, eram individuais, desconexas, e por isso sem resultados definitivos, efeito natural de instituições públicas viciosas ou incompletas. O conde ou rico-homem de Oviedo ou de Leão, da Estremadura ou da Galícia, de Castela ou de Portugal referia sempre a si, às suas ambições, esperanças ou temores os resultados prováveis de qualquer sucesso político, e aferindo tudo por esse padrão, procedia em conformidade com ele. Nem podia ser de outro modo. A ideia de nação e de pátria não existia para os homens de então do mesmo modo que existe para nós[9]. O amor cioso[10] da própria autonomia que deriva de uma concepção forte, clara, consciente do ente coletivo era apenas, se era, um sentimento frouxo e confuso para os homens dos séculos XI e XII. Nem nas crônicas, nem nas lendas, nem nos diplomas se encontra um vocábulo que represente o espanhol, o indivíduo da raça godo-romana, distinto do sarraceno ou mouro. Acha-se o asturiano, o cântabro, o galiciano, o português, o castelhano, isto é, o homem da província ou grande condado; e ainda o toledano[11], o barcelonês, o compostelano, o legionense, isto é, o homem de certa cidade. O que falta é a designação simples, precisa, do súdito da coroa de Oviedo, Leão e Castela. E por que falta? É porque, em rigor, a entidade faltava socialmente. Havia-a, mas debaixo de outro aspecto: em relação ao grêmio religioso. Essa sim, que aparece clara e distinta. A sociedade cristã era uma, e preenchia até certo ponto o incompleto da sociedade temporal. Quando cumpria aplicar uma designação que representasse o habitante da parte da península livre do jugo do Islã, só uma havia: *christianus*. O epíteto[12] que indicava a crença representava a nacionalidade. E assim cada catedral, cada paróquia, cada mosteiro, cada simples ascetério[13] era um anel da cadeia moral que ligava o todo, na falta de um forte nexo político.

Tais eram os caracteres proeminentes da vida externa da monarquia neogótica. A sua vida social interna, as relações públicas entre os indivíduos e entre estes e o Estado tinham sobretudo uma feição bem distinta. Era a larga distância que separava das classes altivas, dominadoras, que fruíam[14], as classes, em parte e até certo ponto

---

7. Domínio
8. Dignidade ou funções de alcaide
9. Neste trecho podemos perceber uma das principais características do romantismo português: o nacionalismo. A primeira geração romântica de Portugal carrega em seus romances a preocupação de retratar o processo evolutivo, a origem e nascimento da nação portuguesa
10. Zeloso, cuidadoso
11. Pertencente ou relativo a Toledo, Espanha
12. Qualificação
13. Mosteiro
14. Que desfrutavam

servas, e em parte livres, que trabalhavam. A aristocracia compunha-se da nobreza de linhagem e da hierarquia sacerdotal, a espada e o livro, a força do coração e do braço, e a superioridade relativa da inteligência. A democracia constituíam-na dois grupos notavelmente desiguais em número e em condição. Era um o dos burgueses proprietários com pleno domínio, moradores de certas povoações de vulto, comerciantes, fabricantes, artífices, isto é, os que depois se chamaram entre nós *homens da rua*, indivíduos mais abastados e mais insofridos, fazendo-se respeitar ou temer, numas partes pela força do nexo municipal, concessão do rei ou dos condes dos distritos em nome dele, noutras partes pelas irmandades (*conjurationes, germanitates*), associações ajuramentadas para resistir aos prepotentes, e cujas origens obscuras talvez vão confundir-se com as origens não menos obscuras das beetrias. O outro grupo, incomparavelmente mais numeroso, constituíam-no os agricultores habitantes das paróquias rurais. Nessa época ainda eram raros os oásis da liberdade chamados alfozes[15] ou termos dos concelhos. Dispersa, possuindo a terra por títulos de diversas espécies, todos mais ou menos opressivos e precários, na dependência do poderoso imunista, ou do inexorável[16] agente do fisco, a população rural, ainda parcialmente adscrita[17] à gleba[18], quase que às vezes se confundia com os sarracenos, mouros ou moçárabes, cativos nas frequentes correrias dos leoneses, e cuja situação se assemelhava à dos escravos negros da América, ou a coisa ainda pior, dada a dureza e ferocidade dos homens daqueles tempos.

A burguesia (*burgenses*), embrião da moderna classe média, assaz forte para se defender ou, pelo menos, opor à opressão a vingança tumultuária, era impotente para exercer ação eficaz na sociedade geral. Veio isso mais tarde. Assim, o único poder que assegurava a unidade política era o poder do rei. A monarquia ovetense-leonesa fora como uma restauração da monarquia visigótica, entre todos os estados bárbaros a mais semelhante na índole e na ação ao cesarismo romano. Uma série de príncipes, se não distintos pelo gênio, como Carlos Magno, todavia de valor e de energia não-vulgares, tinham sabido manter a supremacia real, anulada gradualmente além dos Pireneus pela sucessiva transformação das funções públicas em benefícios e dos benefícios em feudos. Entretanto, à autoridade central faltava um arrimo[19] sólido a que se encostasse; faltava-lhe uma classe média, numerosa, rica, inteligente, êmula[20] do clero pela sua cultura. Essa classe, como já advertimos, ainda simples embrião, só no século XIII começou a ser uma fraca entidade política, aliás rapidamente desenvolvida e avigorada[21]. Desde aquela época é que a realeza aproveitou mais ou menos a sua aliança para domar as aristocracias secular e eclesiástica[22], como com o auxílio dela as monarquias de além dos Pireneus conseguiram tirar ao feudalismo a preponderância, e quase inteiramente o caráter político.

15. Arredores de uma povoação
16. Muito rigoroso
17. Registrada
18. Terreno ligado a um feudo
19. Apoio
20. Concorrente
21. Consolidada, fortalecida
22. Relativo à igreja católica ou ao clero

Hoje é fácil iludirmo-nos, crendo ver nas revoluções e lutas do ocidente da Península no decurso dos séculos VIII a XII a anarquia feudal, confundindo esta com a anarquia aristocrática. Não era a hierarquia constituindo uma espécie de famílias militares, de clãs ou tribos artificiais, cujos membros estavam ligados por mútuos direitos e deveres, determinados por um certo modo de fruição de domínio territorial, em que se achava incorporada a soberania com exclusão do poder público. Em vez disso, era o individualismo rebelando-se contra esse poder, contra a unidade, contra o direito. Quando as mãos que retinham o cetro eram frouxas ou inabilmente violentas, as perturbações tornavam-se não só possíveis, mas, até, fáceis. A febre da anarquia podia ser ardente: o que não havia era a anarquia crônica, a anarquia organizada.

Eis as circunstâncias que, ajudadas pelos desvarios da filha de Afonso VI, converteram o seu reinado num dos mais desastrosos períodos de desordens, de rebeliões e de guerras civis. A confusão vinha a ser tanto maior, por isso mesmo que faltava o nexo feudal. Eram tão tênues os laços entre o conde e o conde, o maiorino e o maiorino, o alcaide e o alcaide, o prestameiro e o prestameiro, o homem de mesnada e o homem de mesnada e, depois, entre estas diversas categorias que as parcialidades se compunham, dividiam ou transformavam sem custo, à mercê do primeiro ímpeto[23] de paixão ou cálculo ambicioso. Deste estado tumultuário derivou a separação definitiva de Portugal, e a consolidação da autonomia portuguesa. Obra a princípio de ambição e orgulho, a desmembração dos dois condados do Porto e de Coimbra veio por milagres de prudência e de energia a constituir não a nação mais forte, mas decerto a mais audaz da Europa nos fins do século XV. Dir-se-ia um povo predestinado. Quais seriam hoje de feito as relações do Oriente e do Novo Mundo com o Ocidente, se Portugal houvesse perecido no berço? Quem ousará afirmar que, sem Portugal, a civilização atual do gênero humano seria a mesma que é[24]?

O conde Henrique pouco sobreviveu ao sogro: cinco anos escassos; mas durante esses cinco anos todos aqueles atos seus cuja memória chegou até nós indicam o exclusivo intuito de alimentar o incêndio das discórdias civis que devoravam a Espanha cristã. Nas lutas de D. Urraca, dos parciais de Afonso Raimundes e do rei de Aragão, qual foi o partido do conde? Todos sucessivamente; porque nenhum era o seu. O *seu* consistia em constituir um Estado independente nos territórios que governava. E, no meio dos tumultos e das guerras em que ardia o reino, ele teria visto coroadas de bom sucesso as suas diligências[25], se a morte não viesse atalhar-lhe os desígnios junto dos muros de Astorga.

Mas a sua viúva, a bastarda de Afonso VI, era pela astúcia e ânimo viril digna consorte do ousado e empreendedor borgonhês. A leoa defendeu o antro onde não se ouvia já o rugido do seu fero senhor com a mesma energia e esforço de que ele lhe dera repetidos exemplos. Durante quinze anos lutou por conservar intacta a independência da terra que lhe chamava rainha e, quando o filho lhe arrancou das

---

23. Movimento impulsivo, violento e repentino
24. Narrador reafirma o grande sentimento do nacionalismo português, ressaltando o valor histórico da construção do país para a civilização ocidental
25. Que demonstra cuidado ao desenvolver e/ou produzir alguma coisa

mãos a herança paterna, só havia um ano que a altiva dona curvara a cerviz ante a fortuna de seu sobrinho Afonso Raimundes, o jovem imperador de Leão e Castela. Era tarde. Portugal não devia tornar a ser uma província leonesa.

Se D. Theresa se mostrara na viuvez digna politicamente do marido, o filho era digno de ambos. O tempo provou que os excedia em perseverança e audácia. A natureza dera-lhe as formas atléticas e o valor indomável de um desses heróis dos antigos romances de cavalaria, cujos dotes extraordinários os trovadores exageravam mais ou menos nas lendas e poemas, mas que eram copiados da existência real. Tal fora El Cid. Os amores adúlteros de D. Theresa com o conde de Trava, Fernando Peres, fizeram com que cedo se manifestassem as aspirações do moço Afonso Henriques. Os barões da província, que tendia a constituir-se em novo Estado, achavam naturalmente nele o centro da resistência à preponderância de um homem que deviam considerar como intruso, e a quem a cegueira da infanta[26]-rainha cedia o poder que dantes tão energicamente exercera. À irritação e à inveja que a elevação desse estranho devia despertar no coração de cada um deles ajuntava-se decerto a consideração das consequências inevitáveis da ilimitada preponderância do conde. Fernando Peres pertencia a uma das mais poderosas famílias da Galícia e a mais adita ao moço soberano de Leão e Castela. Seu pai fora o aio e tutor do príncipe quando as paixões sensuais de D. Urraca o cercavam de sérios perigos. Nada mais natural do que resultar daquela preponderância a ruína da nascente independência do novo Estado.

O que se passava em Portugal era, em resumido teatro, o que pouco antes se passara em Leão. Ali, os amores de D. Urraca com o conde Pedro de Lara tinham favorecido as ambiciosas pretensões de Afonso Raimundes, concitando contra ela os ódios dos barões leoneses e castelhanos. Aqui, os amores de D. Theresa acenderam ainda mais os ânimos e trouxeram uma revolução formal.

Se na batalha do campo de S. Mamede, em que Afonso Henriques arrancou definitivamente o poder das mãos de sua mãe, ou antes das do conde de Trava, a sorte das armas lhe houvera sido adversa, constituiríamos provavelmente hoje uma província de Espanha. Mas no progresso da civilização humana tínhamos uma missão que cumprir. Era necessário que no último ocidente da Europa surgisse um povo, cheio de atividade e vigor, para cuja ação fosse insuficiente o âmbito da terra pátria, um povo de homens de imaginação ardente, apaixonados do incógnito, do misterioso, amando balouçar-se no dorso das vagas ou correr por cima delas envoltos no temporal, e cujos destinos eram conquistar para o cristianismo e para a civilização três partes do mundo, devendo ter em recompensa unicamente a glória. E a glória dele é tanto maior quanto, encerrado na estreiteza de breves limites, sumido no meio dos grandes impérios da terra, o seu nome retumbou por todo o globo.

Pobres, fracos, humilhados, depois dos tão formosos dias de poderio e de renome, que nos resta senão o passado? Lá temos os tesouros dos nossos afetos e contentamentos. Sejam as memórias da pátria, que tivemos, o anjo de Deus que nos revoque à energia social e aos santos afetos da nacionalidade. Que todos aqueles a quem o engenho e o estudo habilitam para os graves e profundos

---

26. Filha de rei, que não é herdeira da coroa

trabalhos da História se dediquem a ela. No meio de uma nação decadente, mas rica de tradições, o mister de recordar o passado é uma espécie de magistratura moral, é uma espécie de sacerdócio. Exercitem-se os que podem e sabem; porque não o fazer é um crime.

E a Arte? Que a Arte em todas as suas formas externas represente este nobre pensamento[27]; que o drama, o poema, o romance sejam sempre um eco das eras poéticas da nossa terra. Que o povo encontre em tudo e por toda parte o grande vulto dos seus antepassados. Ser-lhe-á amarga a comparação. Mas, como ao inocentinho infante da Jerusalém Libertada, homens da arte, asperge[28] de suave licor a borda da taça onde está o remédio que pode salvá-lo.

Enquanto, porém, não chegam os dias, em que o puro e nobre engenho dos que então hão de ser homens celebrem exclusivamente as solenidades da arte no altar do amor pátrio, alevantemos uma das muitas pedras tombadas dos templos e dos palácios para que os obreiros robustos que não tardam a surgir digam quando a vir: "As mãos que te puseram aí eram débeis, mas o coração que as guiava antevia já algum raio da luz que nos alumia".

II

Dom Bibas

O castelo de Guimarães, qual existia nos princípios do século XII, diferençava-se entre os outros, que cobriam quase todas as eminências[29] das honras e préstamos[30] de Portugal e da Galícia, por sua fortaleza, vastidão e elegância. A maior parte dos edifícios desta espécie eram apenas então um agregado de grossas vigas, travadas entre si, formando uma série de torres irregulares, cujas paredes, muitas vezes feitas de cantaria[31] sem cimento, mal resistiam aos golpes dos aríetes[32] e aos tiros das catapultas, ao passo que os madeiros que ligavam esses fracos muros, e lhes davam certo aspecto de fortificação duradoura, tinham o grave inconveniente de poderem facilmente incendiar-se. Assim não havia castelo onde

---

27. Outra característica desta fase literária é designar na produção artística papel na construção da identidade portuguesa
28. Gotas muito pequenas
29. Superiores
30. Terra que pagava esse imposto
31. Pedra rija, grande e esquadrada, para construções
32. Máquina de guerra para arrombar portas e se desconjuntar muralhas

entre as armas e bastimentos de guerra não ocupassem um dos mais importantes lugares as amplas cubas de vinagre, líquido que a experiência tinha mostrado ser o mais próprio para apagar o alcatrão incendido, que como instrumento de ruína usavam nos sítios dos lugares afortalezados. Quando o gato ou vínea, espécie de barraca ambulante, coberta de couros crus, se aproximava, pesada e lenta como um espectro[33], aos muros de qualquer castelo, enquanto os cavaleiros mais possantes arcavam com pedras enormes, levando-as aos vãos das ameias[34], para daí as deixar cair sobre o teto da máquina, os peões conduziam para o lanço de muralha ou torre, a que esta se dirigia, uma quantidade daquele líquido salvador capaz de abafar as chamas envoltas em rolos de fumo fétido[35], que não tardariam a lamber as traves angulares do guerreiro edifício. Muitas vezes essas precauções eram inúteis, principalmente contra os sarracenos.

Entre estes, uma civilização mais adiantada tinha moderado o fanatismo, quebrado os brios selvagens, diminuído a robustez física dos homens de armas: a sua mestria, porém, da arte da guerra, supria estas faltas e equilibrava nos combates o soldado muslim com o guerreiro cristão, mais robusto, mais fanático e por isso mais impetuoso do que ele. Era principalmente nos assédios, quer defendendo-se, quer acometendo, que os árabes conheciam todo o preço da própria superioridade intelectual. As suas máquinas de guerra, mais perfeitas que as dos nazarenos, não só pela melhor combinação das forças mecânicas, como pela maior variedade de engenhos e invenções, davam-lhes notáveis vantagens sobre a grosseira tática dos seus adversários. Sem o socorro da vínea, os árabes sabiam incendiar de longe os castelos com os escorpiões arrojados pelas manganelas[36] de fogo. De enxofre, salitre e nafta compunham eles um misto terrível, com que despediam dos engenhos globos de ferro cheios do mesmo composto, que, serpeando[37] e sussurrando nos ares, iam estourar e verter dentro dos muros assediados uma espécie de lava inextinguível e infernal, contra cuja violência eram baldadas[38] quase sempre todas as prevenções, e não menos baldada a valentia e a força dos mais duros cavaleiros e homens de armas.

Mas o castelo de Guimarães podia, do teso[39] sobre que estava assentado, olhar com tranquilo desdém para os formidáveis e variados engenhos militares de cristãos e sarracenos. A melhor fortaleza da Galícia, o Castro Honesto, que o mui poderoso e venerando senhor Diogo Gelmires, primeiro-arcebispo de Compostela, reformara de novo, com todo o esmero de quem sabia ser aquele Castro como a chave da extensa Honra e Senhorio Compostelano, era, por trinta léguas em roda, o único, talvez, que ousaria disputar primazias com o de Guimarães. Como a daquele, a cárcova[40] deste era larga e profunda; as suas barreiras

---

33. Fantasma
34. Cada uma das aberturas no alto da muralha, ou do edifício, para por elas se atirar sobre o inimigo
35. Que exala mau cheiro
36. Pequena máquina de guerra usada para arremessar pedras ou dardos
37. Mover-se sinuosamente
38. Empregadas inutilmente
39. Firme, forte
40. Porta falsa; passagem encoberta nas antigas fortificações; fosso

eram amplas e defendidas por boas barbacãs[41], e as suas muralhas, torreadas com curtos intervalos, altas, ameiadas e desmarcadamente grossas, do que dava testemunho o espaçoso dos adarves[42] que corriam por cima delas. O circuito, que tão temerosas fortificações abrangiam, encerrava uma nobre alcaçova[43], que, também coberta de ameias, campeava sobranceira aos lanços de muros entre torre e torre, e ainda assoberbava estas, à exceção da albarrã ou de menagem, que, maciça e quadrangular, com os seus esguios miradouros[44] bojando nos dois ângulos exteriores, e erguida sobre o escuro portal da entrada, parecia um gigante em pé e com os punhos cerrados sobre os quadris, ameaçando o burgo rasteiro e humilde, que, lá embaixo no sopé da suave encosta, se encolhia e apoquentava, como vilão que era, diante de tamanho senhor.

Mas não vedes aí ao longe, por entre a casaria da povoação e verdura das almainhas[45], que, entressachadas com os edifícios burgueses, servem como vasto tapete, onde assentam os panos de muros alvos, e os telhados vermelhos e aprumados das casas modestas dos peões? – Não vedes, digo, a alpendrada[46] de uma igreja, a portaria de um ascetério, a grimpa[47] de um campanário? É o mosteiro de D. Mumadona; é um claustro de monges negros: é a origem desse burgo, do castelo roqueiro[48] e dos seus paços reais. Havia duzentos anos que neste vale viviam apenas alguns servos, que cultivavam a vila ou herdade de Vimaranes. Mas o mosteiro edificou-se, e a povoação nasceu. O ameno e aprazível sítio atraiu os poderosos: o conde Henrique quis aí habitar algum tempo, e sobre as ruínas de um fraco e pequeno castelo, a que os monges se acolhiam ante o assolador tufão das correrias dos mouros, se alevantou aquela máquina. O trato e frequência da corte enriqueceu os burgueses: muitos francos, vindos em companhia do conde, aí se tinham estabelecido, e os homens de rua, ou moradores do burgo, constituíram-se em sociedade civil. Então surgiu o município: e essas casas, aparentemente humildes, encerravam já uma porção do fermento da resistência antiteocrática e antiaristocrática, que, espalhado gradualmente pelo país, devia em três séculos pôr manietadas aos pés dos reis a aristocracia e a teocracia. Os imperantes supremos, enfarados[49] já na caça que abasteceria de futuro as mesas dos banquetes triunfais dos seus sucessores, atrelavam perto dela os lebréus[50]: punham o concelho ao pé do castelo do mosteiro e da catedral. Guimarães breve obteve do conde um foral, uma carta de município, tudo *pro bono pacis*[51], como reza o respectivo documento.

---

41. Obra de fortificação avançada, geralmente erigida sobre uma porta ou ponte de acesso, que protegia a entrada de uma cidade ou castelo medieval
42. Espaço estreito que corre ao longo do alto das muralhas para serviço das ameias
43. Fortaleza com residência soberana no interior
44. Ponto elevado, de largo horizonte
45. Pequenos terrenos de semeadura com horta e árvores, murado ou cercado de sebes, e que tem geralmente casa de habitação
46. Espaço grande coberto por telhado, mas sem paredes, pelo menos na frente
47. Ponto mais elevado de um edifício
48. Fundado sobre rochas
49. Enjoados
50. Cachorros para caça da lebre
51. Significa "Devido ao bom pai"

É nesta alcaçova, cingida das suas fortificações lustrosas, virgens, elegantes, e todavia formidáveis, onde a nossa história começa. Habitavam então nela a mui virtuosa dona, e honrada rainha, D. Theresa, infanta dos portugueses, e o mui nobre e excelente senhor Fernando Peres, conde de Trava, cônsul da terra portugalense e da colimbriense, alcaide-mor, na Galícia, do castelo de Faro, e em Portugal dos de Santa Ovaia e de Soure. Era ele a primeira personagem da corte de Guimarães depois de D. Theresa, a formosíssima infanta, para nos servirmos do epíteto que em seus diplomas lhe dava o conde D. Henrique, o qual devia saber perfeitamente se esta denominação lhe quadrava. Apesar de entrada em anos, não cremos que, na época a que se refere a nossa narrativa, este epíteto fosse inteiramente anacrônico[52], porque nem a bastarda de Afonso VI era ainda idosa, nem devemos imaginar que a afeição de Fernando Peres fosse nua e simplesmente um cálculo ambicioso.

Esta afeição, porém, ardente e mútua, como pelo menos parecia ser, sobremaneira afiava, tempos havia, as línguas dos maldizentes. Pouco a pouco muitas graves matronas[53], em quem a idade fizera seu ofício de mestra de virtude, se tinham alongado da corte para suas honras e solares. Com mais alguma resignação as donzelas ofereciam a Deus o próprio sofrimento em presenciar este escândalo. Demais, a vida cortesã era tão risonha de saraus, de torneios, de banquetes, de festas! Alegravam-na tanto a chusma[54] de cavaleiros mancebos, muitos dos quais tinham pela primeira vez vestido as armas na guerra do ano antecedente contra o rei de Leão! Além disso, que igreja havia aí, a não ser a sé de Braga, onde as solenidades religiosas fossem celebradas com mais pompa do que no mosteiro de D. Muma, tão devotamente assentado lá em baixo, no burgo? Que catedral ou ascetério tinha órgão mais harmonioso do que este? Onde se podiam encontrar clérigos ou monges, que em mais afinadas vozes entoassem um *gloria in excelsis*[55], ou um *exsurge domine*[56]? Culto, amor, saraus, tríplice encanto da Idade Média, como vos resistiriam estes corações inocentes? As donzelas, bem que lhes custasse, continuavam, portanto, a cercar a sua bela infanta, que muito amavam. As velhas, essas pouco importava que tivessem desaparecido.

Tais razões, e várias outras, davam as damas a seus naturais senhores para continuar a viver a vida folgada do paço: aos pais, a devoção; aos maridos, o acatamento à mui generosa rainha, de quem eles eram prestameiros[57] e alcaides[58]; aos irmãos, sempre indulgentes[59], a paixão pelas danças e torneios, cujo engodo eles melhor ainda sabiam avaliar. Debaixo, porém, desses urgentes motivos, outro havia não menos poderoso, e em que nenhuma reparava, ou que, se reparava, não se atreveria a mencionar. Este motivo era uma bruxaria, um feitiço inexplicável, uma fascinação irresistível, que em todos aqueles espíritos um único homem produzia. Coisa incrível, por certo, mas verdadeira como a própria verdade. Palavra de romancista!

---

52. Que não condiz com a cronologia
53. Senhora respeitável que é mãe de família
54. Grande quantidade
55. Significa "Glória aos céus"
56. Significa "Surge dominante"
57. O cobrador de impostos de determinado Reino
58. Antigo governador de fortaleza, praça ou província
59. Característica de ou pessoa que perdoa com facilidade; clemente, tolerante

E não era lá nenhum grande homem: era um vulto de pouco mais de quatro pés de altura; feio como um judeu; barrigudo como um cônego de Toledo; imundo como a consciência do célebre arcebispo Gelmires; e insolente como um vilão de beetria[60]. Chamava-se de seu nome Dom Bibas. Oblato[61] do mosteiro de D. Muma, quando chegou à idade, que se diz da razão, por ser a das grandes loucuras, achou que não era feito para ele o remanso[62] da vida monástica. Atirou às malvas o hábito a que desde o berço o tinham condenado: e, ao cruzar a porta do ascetério, escarrou ali em peso o latim com que os monges começavam a empeçonhentar-lhe o espírito. Depois, sacudindo o pó das suas sapatas, voltou-se para o mui reverendo porteiro, e por um esforço sublime de abnegação atirou-lhe à cara com toda a ciência hebraica, que tinha alcançado naquela santa casa, gritando-lhe com uma visagem de escárnio – *racca maranatha*[63], *racca maranatha* – e desaparecendo após isso, como a zebra perseguida desaparecia naqueles tempos aos olhos dos monteiros nas florestas do Jerez.

Não referiremos aqui a história da solta mocidade do nosso oblato. Por meses a sua vida foi uma destas vidas como era comumente naquela época, e o é ainda hoje, a do homem do povo que, a não ser nos claustros, tentava cravar os dentes no pomo vedado ao pobre: a aristocrática mandriice[64]; uma vida inexplicável e milagrosa; uma vida na qual ao dia folgado de fartura e beberronia impensadas seguiam muitos de perfeita abstinência. A miséria, porém, criou-lhe uma indústria: Dom Bibas começou a sentir em si as inspirações de trovista e os garbos de folião. Pouco a pouco a sua presença tornou-se tão desejada nas tabernas do burgo como as cubas de boa cerveja, então bebida trivial, ou antes tão agradável como os eflúvios[65] do vinho, que naquela época ainda escasseava algum tanto nas taças dos peões.

A fama de Dom Bibas tinha subido a altura incomensurável quando o conde Henrique assentou sua corte em Guimarães. Felizmente para o antigo oblato, o bufão que o príncipe francês trouxera de Borgonha, lançado entre estranhos, que mal entendiam seus motejos[66], conhecera que era uma palavra sem sentido neste mundo. Morreu declarando a seu nobre senhor, em descargo de consciência, que buscasse entre os homens do condado alguém que exercesse este importante cargo – porque sorte igual à sua esperava qualquer bobo civilizado da civilizada Borgonha no meio destes selvagens estúpidos do ocidente. Na cúria[67] dos barões, ricos-homens e prelados[68], que então se achavam na corte, propôs o conde o negócio. Havia votos que tal bobo se não procurasse. Fundavam-se os que seguiam esta opinião em que nem nas leis civis de Portugal, Coimbra e Galícia (o livro dos juízes), nem nos degredos do padre-santo, nem nos costumes tradicionais dos

---

60. Característica marcante das obras de Alexandre Herculano é a presença da ironia, como por exemplo nesta caracterização da personagem de Dom Bibas, o Bobo
61. Indivíduo oferecido por seus pais a um convento para serviço de Deus
62. Retiro, recolhimento
63. Referente à doxologia, que era um tipo de louvor glorificação frequente no Antigo Testamento, dada aos heróis, heroínas e Deus
64. Qualidade de quem é preguiçoso
65. Aroma, perfume
66. Zombaria
67. Tribunal
68. Títulos honorífico de dignitário eclesiástico

filhos dos bem-nascidos, ou fidalgos de Portugal havia vestígios ou memória deste ofício palatino. Venceu, porém, o progresso: os bispos e uma grande parte dos senhores, que eram franceses, defenderam as instituições pátrias, e a alegre truanice[69] daquela nação triunfou, enfim, da triste gravidade portuguesa na corte de D. Henrique, bem como o breviário galo-romano triunfara poucos anos antes do breviário gótico perante D. Afonso VI.

Foi então que Dom Bibas se viu elevado, sem proteções nem empenhos, a uma situação, a que nos seus mais ambiciosos e agradáveis sonhos de felicidade nunca tinha imaginado trepar. O próprio mérito e glória lhe puseram nas mãos a palheta do seu antecessor, a gorra asiniauricular, o gibão de mil cores e o saio orlado de guizos. De um para o outro dia o homem ilustre pôde olhar senhoril e estender a mão protetora para aqueles mesmos que na véspera o apupavam. Diga-se, porém, a verdade em honra de Dom Bibas: até o tempo em que sucederam os acontecimentos extraordinários que começamos a narrar, ele foi sempre generoso, nem nos consta abusasse jamais do seu valimento e da sua importância política em dano dos pequenos e humildes.

O leitor que não conhecesse por dentro e por fora, como se usa dizer, a vida da Idade Média riria da pequice com que atribuímos valor político ao bobo do conde de Portugal. Pois o caso não é de rir. Naquela época, o cargo de truão correspondia até certo ponto ao dos censores da República Romana. Muitas paixões, sobre as quais a civilização estampou o ferrete de ignóbeis, ainda não eram hipócritas; porque a hipocrisia foi o magnífico resultado que a civilização tirou de sua sentença. Os ódios e as vinganças eram lealmente ferozes, a dissolução sincera, a tirania sem mistério. No século XVI Filipe II envenenava seu filho nas trevas de um calabouço: no princípio do décimo terceiro, Sancho I de Portugal, arrancando os olhos aos clérigos de Coimbra, que recusavam celebrar os ofícios divinos nas igrejas interditas[70], chamava para testemunhas daquele feito todos os parentes das vítimas. Filipe era um parricida[71] polidamente covarde; Sancho um selvagem atrozmente vingativo. Entre os dois príncipes há quatro séculos nas distâncias do tempo e o infinito nas distâncias morais.

Numa sociedade em que as torpezas[72] humanas assim apareciam sem véu, o julgá-las era fácil. O dificultoso era condená-las. Na extensa escala do privilégio, quando um feito ignóbil ou criminoso se praticava, a sua ação recaía, por via de regra, sobre aqueles que se achavam colocados nos degraus inferiores ao perpetrador[73] do atentado. O sistema das hierarquias mal consentia os gemidos: como seria portanto possível a condenação? As leis civis, na verdade, procuravam anular ou pelo menos modificar esta situação absurda; mas era a sociedade que devorava as instituições, que não a compreendiam a ela, nem ela compreendia. Por que de reinado para reinado, quase de ano para ano, vemos renovar essas leis que tendiam a substituir pela igualdade da justiça a desigualdade das situações? É porque se-

---

69. Impostura
70. Em que não pode exercer o culto
71. Pessoa que mata seu pai ou sua mãe ou outro qualquer dos seus ascendentes
72. Ações vergonhosas
73. Aquele que comete crime ou delito

melhante legislação era letra morta, protesto inútil de algumas almas formosas e puras, que pretendiam fosse presente o que só podia ser futuro.

Mas, no meio do silêncio tremendo de padecer incrível e de sofrimento forçado, um homem havia que, leve como a própria cabeça, livre como a própria língua, podia descer e subir a íngreme e longa escada do privilégio, soltar em todos os degraus dela uma voz de repreensão, punir todos os crimes com uma injúria amarga e patentear desonras de poderosos, vingando assim, muitas vezes sem o saber, males e opressões de humildes. Este homem era o truão. O truão foi uma entidade misteriosa da Idade Média. Hoje a sua significação social é desprezível e impalpável; mas então era um espelho que refletia, cruelmente sincero, as feições hediondas da sociedade desordenada e incompleta. O bobo, que habitava nos paços dos reis e dos barões, desempenhava um terrível ministério. Era ao mesmo tempo juiz e algoz; mas julgando, sem processo, no seu foro íntimo e pregando, não o corpo, mas o espírito do criminoso no potro imaterial do vilipêndio[74].

E ele ria: ria contínuo! Era rir diabólico o do bobo: porque nunca deixava de ir pulsar dolorosamente as fibras de algum coração. Os seus ditos satíricos, ao passo que suscitavam a hilaridade dos cortesãos, faziam sempre uma vítima. Como o ciclope da *Odisseia*, na sala de armas ou do banquete; nos balcões da praça do tavolado, ou das tauromaquias; pela noite brilhante e ardente dos saraus, e até junto dos altares, ao reboar o templo com as harmonias dos cânticos e salmos, com as vibrações dos sons do órgão, no meio da atmosfera engrossada pelos rolos do fumo alvacento[75] do incenso; em toda a parte e a todas as horas, o bufão tomava ao acaso o temor que infundia o príncipe, o barão ou o ilustre cavaleiro, e o respeito que se devia a dona veneranda ou a dama formosa, e tocando-os com a ponta da sua palheta, ou fazendo-os voltear nos tintinábulos[76] do seu adufe[77], convertia esse temor e respeito numa coisa truanesca[78] e ridícula. Depois, envolvendo o caráter da nobre e grave personagem, atassalhado e cuspido, num epigrama[79] sangrento ou numa alusão insolente, atirava-o aos pés da turba dos cortesãos. No meio, porém, das risadas estrepitosas[80] ou do rir abafado, lançando de passagem um olhar brilhante e vago ao gesto confrangido e pálido da vítima e, como o tigre, recrudescendo[81] com o cheiro da carniça, o bobo cravava de salto as garras naquele a quem ódio profundo ou inveja solapada[82] fazia saborear com mais entranhável deleite a vergonha e abatimento do seu inimigo. Então a palidez deste pouco a pouco deslizava num sorriso, e ia tingir as faces do cortesão que, havia instantes, se recreava folgado na vingança satisfeita. Se era em banquete ou sarau, onde o fumo do vinho e a ebriedade[83] que nasce do contato de muitos homens juntos, das danças, do perpassar das

---

74. Menosprezo, desrespeito
75. Cinzento-claro, quase branco
76. Pequeno sino
77. Pandeiro quadrado com guizos
78. Própria de bobo
79. Pequena composição poética, mordaz ou crítica
80. Estrondoso, ruidoso
81. Exasperado
82. Disfarçada
83. Embriaguez

mulheres voluptuariamente adornadas, do cheiro das flores, da torrente de luz que em milhões de raios aquece o ambiente, a loucura fictícia do truão parecia dilatar-se, agitar-se, converter-se num turbilhão infernal. Os motejos e as insolências volteavam sobre as cabeças com incrível rapidez: as mãos que iam unir-se para aprovar estrondosamente o fel da injúria vertido sobre uma fronte odiada ficavam muitas vezes imóveis, contraídas, convulsas, porque entre elas tinha passado a seta de um epigrama azeirado e havia batido no coração ou na consciência de quem imaginava só aplaudir a alheia angústia. E por cima daquele estrépito de palmas, de gritos, de rugidos de indignação, de gargalhadas, que gelavam frequentemente nos lábios dos que as iam soltar, ouvia-se uma voz esganiçada que bradava e ria, um tinir argentino de guizos, um som baço de adufe; viam-se brilhar dois olhos reluzentes e desvairados num rosto disforme, onde se pintava o escárnio, o desprezo, a cólera, o desfaçamento, confundidos e indistintos. Era o bobo que nesse momento imperava despótico, tirânico, inexorável, convertendo por horas a frágil palheta em cetro de ferro, e erguendo-se altivo sobre a sua miserável existência como sobre um trono de rei – mais porventura que trono; porque nesses momentos ele podia dizer: "Os reis também são meus servos!".

Tal era o aspecto grandioso e poético daquela entidade social exclusivamente própria da Idade Média, padrão levantado à memória da liberdade e igualdade, e às tradições da civilização antiga, no meio dos séculos da hierarquia e da gradação infinita entre homens e homens. Quando, porém, chamamos miserável à existência do truão, a esta existência que descrevêramos tão folgada e risonha, tão cheia de orgulho, de esplendor, de predomínio, era que nesse instante ela nos aparecera sob outro aspecto, contrário ao primeiro, e todavia não menos real. Passadas estas horas de convivência ou de deleite, que eram como uns oásis na vida triste, dura, trabalhosa e arriscada da meia-idade, o bobo perdia o seu valor momentâneo, e voltava à obscuridade, não à obscuridade de um homem, mas à de um animal doméstico. Então os desprezos, as ignomínias[84], os maus-tratos daqueles que em público haviam sido alvos dos ditos agudos do chocarreiro[85] caíam sobre a sua cabeça humilhada cerrados como granizo, sem piedade, sem resistência, sem limite: era um rei desentronizado[86]; era o tipo e o resumo das mais profundas misérias humanas. Se naqueles olhos então assomassem lágrimas, essas lágrimas seriam ridículas, e cumpria-lhe tragá-las em silêncio; se um gemido se lhe alevantasse da alma, fora necessário recalcá-lo: porque lhe responderia uma risada; se a vergonha lhe tingisse as faces, deveria esconder o rosto: porque essa vermelhidão seria bafejada pelo hálito de um dito de torpeza; se uma grande cólera lhe carregasse o gesto, tornar-lhe-iam como remédio um insolente escárnio. Assim, no largo tirocínio[87] de um dificultoso mister, o seu primeiro e capital estudo era varrer da alma todos os afetos, todos os sentimentos nobres, todos os vestígios da dignidade moral; esquecer-se de que havia no mundo justiça, pudor, brio, virtude; esquecer-se de que o primeiro homem entrara no paraíso

---

84. Infâmias
85. Aquele que diz zombarias
86. Aquele que foi derrubado do trono
87. Aprendizagem militar

animado pelo sopro do senhor, para só se lembrar que saíra dele, já precito[88], por uma inspiração de Satanás.

Tudo isso – dirá o leitor – é muito bom; porém não explica o prestígio, a espécie de fascinação que Dom Bibas exercitava no espírito das damas e donzelas da viúva do conde Henrique, a bela infanta de Portugal. Lá vamos. O nosso Dom Bibas com os seus cinco palmos de altura era um homem extraordinário, e a truanice, essencialmente francesa, tinha por arte dele feito em Portugal um verdadeiro progresso: estava visivelmente melhorada em terreno alheio; como os alperches[89], de que reza em seus cantares o adail[90] dos poetas portugueses. O novo bufão do conde Henrique, ao começar os graves estudos e as dificultosas experiências de que carecia para preencher dignamente o seu cargo, teve a feliz inspiração de associar algumas doutrinas cavaleirosas com os mais prosaicos[91] elementos da chocarrice[92] fidalga. Na torrente dos desvarios, quando mais violento derramava em roda de si a lava ardente dos ditos insultuosos e cruéis, nunca dos lábios lhe saiu palavra que fosse despedaçar a alma de uma dama. Dom Bibas debaixo da cruz da sua espada de lenho sentia bater um coração de português, português da boa raça dos godos. Suponde o mais humilde dos homens; suponde a mais nobre, a mais altiva mulher: que esse homem a salpique do lodo da injúria, e será tão infame e covarde como o poderoso entre os poderosos, que insultasse a donzela inocente e desvalida. E por quê? Porque um tal feito sai fora das raias da humanidade: não o praticam homens; não o julgam as leis: julga-o a consciência como um impossível moral, como um ato bestial e monstruoso. Para aquele que usa de semelhante feridade, nunca luziu, nunca luzirá no mundo um raio de poesia? E há aí alguém a quem não sorrisse uma vez, ao menos, esta filha do céu? Dom Bibas não pensava isto; mas sentia-o, tinha-o no sangue das veias. Daqui a sua influência; daqui o gasalhado, o carinho, o amor, com que donas e donzelas tratavam o pobre truão. Quando contra este indivíduo, fraco e ao mesmo tempo terror e flagelo dos fortes, se alevantava alguma grande cólera, alguma vingança implacável, ele tinha um asilo seguro onde iam quebrar em vão todas as tempestades: era o bastidor, à roda do qual as nobres damas daqueles tempos matavam as horas tediosas do dia, bordando na reforçada tela com fios de mil cores histórias de guerras ou folguedos de paz. Ali Dom Bibas, agachado, enovelado[93], sumido, desafiava o seu furioso agressor, que muitas vezes saía malferido daquele combate desigual, em que o bobo se cobria das armas mais temidas de um nobre cavaleiro, a proteção das formosas.

---

88. Condenado
89. Frutos do damasqueiro
90. Chefe ou guia de um grupo
91. Corriqueiros
92. Piada grosseira ou petulante
93. Enrolado

III

O Sarau

O aspecto do burgo de Guimarães indicaria tudo menos um desses raros períodos de paz e repouso; de festas e pompas civis e religiosas que, semelhantes aos raios do sol por entre nuvens úmidas de noroeste, alegravam a terra, sorrindo a espaços no meio das tempestades políticas que varriam, naquela época, o solo ensanguentado da Península. Como se houvera alargado um braço até então pendente, o castelo roqueiro tinha estendido do ângulo esquerdo da torre do miradouro uma comprida couraça de vigas e entulho que vinha morrer em um cubelo[94] na orla exterior do burgo. Depois, da extremidade daquela muralha inclinada, do outeiro para a planura, corria a um e outro lado do baluarte uma tranqueira de pouca altura, de onde facilmente besteiros[95] e flecheiros poderiam despejar a salvo seu armazém em quaisquer inimigos que cometessem a povoação. O cubelo era como o punho cerrado do disforme braço que saía da torre albarrã, e a tranqueira como uma faixa com a qual o gigante de pedra parecia tentar unir a si o burgo apinhado lá embaixo, em volta do edifício monástico, que já contava dois séculos, o mosteiro de D. Muma. O próprio edifício, posto que avelhantado e fraco, também parecia animado de espírito guerreiro; porque as ameias que coroavam o terraço do campanário, pouco antes cobertas de ervas e musgo, estavam agora limpas e gateadas de novo, ao passo que por entre elas se divisava uma grossa manganela assentada no meio do eirado, em disposição de arranjar pedras para a campanha, que se dilatava diante do formidável engenho.

Todavia estas evidentes cautelas e precauções militares desdiziam bastante do que então se passava no castelo. Era pela volta das dez horas de uma noite calmosa de junho. A Lua cheia batia de chapa nas muralhas esbranquiçadas, e as sombras das torres maciças listravam de alto a baixo as paredes dos paços interiores de faixas negras sobre a pálida silharia de mármore, tornando-a semelhante ao dorso da zebra selvática. Contrastavam, porém, a melancolia e silêncio deste espetáculo noturno, as torrentes de luz avermelhada jorrando por entre os mainéis[96] que sustinham ao meio das altas e esguias janelas as bandeiras e laçarias de pedra. Estes mainéis e bandeiras, formando flores e arabescos[97], recortavam de mil modos aqueles vãos afogueados e brilhantes, rotos através das listas alvacentas e negras, de que a lua arraiava a fronte do soberbo edifício. Na penumbra do extenso

---
94. Torreão entre dois lanços das antigas muralhas
95. Soldado armado de besta
96. Corrimão de escada
97. Ornato a capricho, imitando ornatos árabes

pátio que corria entre as muralhas e a frontaria do paço, branquejavam os saios dos cavalariços, que tinham de rédea as mulas de corpo dos senhores e ricos-homens; cintilavam os freios de ferro polido e as selas à mourisca, tauxiadas de ouro e prata; ouvia-se o patear dos animais e o sussurro dos servos conversando e rindo em tom sumido. Mas era lá em cima, nas salas esplêndidas, que se viam passar rápidos como sombras os vultos de damas e cavaleiros arrebatados no turbilhão das danças; lá soavam as melodias das cítolas, das harpas, das doçainas[98], por entre as quais rompiam os sons vívidos das charamelas[99], o estrépito das trombetas, o rebombo dos tímpanos; e, quando aquelas todas afrouxavam e morriam em sussurrar confuso, retinia uma voz áspera e aguda no meio daquele ruído de festa. Então fazia-se um profundo silêncio, que não tardava a ser partido por gritos e risadas estrondosas, que restrugiam pelas abóbadas[100], cruzavam-se e confundiam-se repercutidas em burburinho infernal. Via-se claramente que a embriaguez da alegria havia chegado ao auge do delírio, e que daí adaiante não podia senão decrescer. O tédio e o cansaço não tardariam a separar aquela companhia lustrosa que parecia esquecer nos braços do deleite que tudo ao redor dela, no castelo e no burgo, anunciava as tristezas da guerra e os riscos dos combates.

De feito, já nos reais aposentos da bela infanta de Portugal muitos dos ricos--homens e infanções, apinhados aos cinco e seis, aqui e acolá, ou encostados aos balcões da sala das armas, começavam a falar com viva agitação dos sucessos do tempo. As donzelas iam assentar-se nas almadraquexas[101] enfileiradas junto da parede, no topo da sala, onde se erguia, coisa de um pé acima do pavimento, o vasto estrado[102] da infanta. Esta, na sua cadeira de espaldas, escutava Fernando Peres, que, firmando a mão no braço da cadeira, e curvado para ela por detrás do espaldar, com aspecto carregado, parecia dirigir-lhe de quando em quando palavras breves e veementes, a que D. Theresa, que não saíra do seu lugar desde o começar do sarau, respondia muitas vezes com monossílabos, ou com um volver de olhos em que se pintava a angústia, desmentindo o sorriso forçado que, frouxo e passageiro, lhe adejava nos lábios.

Junto ao topo do estrado, do lado esquerdo da infanta, um jovem cavaleiro em pé falava também em voz baixa com uma formosa donzela, que, reclinada na última almadraquexa, respondia entre risadas aos ditos do seu interlocutor. E todavia no gesto do cavaleiro, na vivacidade das suas expressões, no seu olhar ardente, revelava que as respostas alegres da donzela desdiziam das palavras apaixonadas do mancebo, cujo aspecto se entristecia visivelmente com aquela alegria intempestiva e cruel.

Ao pé de uma das colunas de pedras, que subindo ao teto se dividiam como os ramos de uma palmeira em artesões de castanho, os quais morrendo nos vértices das ogivas em bocetes[103] dourados pareciam sustentar a renque de lampadários

---
98. Espécie de flauta
99. Espécie de clarinete pastoril
100. Estrutura arqueada, geralmente de pedra, tijolo ou concreto, que, apoiada sobre paredes ou colunas, serve para cobrir um espaço
101. Cabeçal; travesseiros
102. Palanque
103. Ornatos na interseção dos artesões (adorno manual lavrado em relevo)

gigantes pendentes da escura profundeza daquelas voltas; ao pé de uma destas colunas, no lado oposto da sala, três personagens falavam também havia largo tempo, sem fazer caso do tanger dos menestréis, do doidejar das danças, do sussurrar confuso que redemoinhava em volta deles. Era a sua conversação de gênero diverso das duas que já descrevemos. Aqui os três indivíduos pareciam tomar todos vivo interesse no objeto de que se ocupavam, ainda que de modo diferente. Um deles, alto, magro, trigueiro e calvo, porém não de velhice, porque era homem de quarenta anos, trajava um saio negro, comprido e apertado pela cintura com uma larga faixa da mesma cor, vestuário próprio do clero daquele tempo; o outro, ancião venerável, tinha vestida uma cógula[104] monastical, igualmente negra, segundo a usança dos monges bentos; o terceiro finalmente, o mais moço dos três, era um cavaleiro que mostrava ter pouco mais de trinta anos, membrudo, alvo, cabelos anelados e louros – um verdadeiro nobre da raça germânica dos visigodos. O clérigo calvo, com os olhos quase sempre fitos no chão, só os punha de relance naquele dos dois que falava; mas este olhar incerto e sorrateiro bastava para descobrir nele uma indiferença hipócrita e uma curiosidade real. No rosto do velho pintava-se profunda atenção, principalmente às palavras do mancebo, as quais enérgicas, veementes e rápidas davam testemunho das vivas comoções que agitavam a sua alma.

Dos três grupos em que no meio de tantos outros fizemos principalmente reparar o leitor, já ele conhece as personagens do primeiro – a viúva do conde Henrique e Fernando Peres de Trava. Para clareza desta importante história necessário é que lhe digamos quem eram os que compunham os outros dois, e lhe expliquemos os porquês da situação respectiva de cada um desses indivíduos.

Entre as donzelas da infanta-rainha uma havia em que ela, mais que em nenhuma outra, tinha posto as suas afeições e complacências[105]; e com razão: criara-a de pequenina. Dulce era filha de D. Gomes Nunes de Bravais, rico-homem, que morrera na rota de Vatalandi combatendo como esforçado a par do conde borgonhês. Expirando, o nobre cavaleiro encomendou sua filha órfã à proteção do conde. Este não se esqueceu da súplica do guerreiro moribundo; trouxe a órfã para seus paços e entregou-a a sua mulher. Nos tenros anos, Dulce prometia ser formosa, e, o que não era de menos valor, de um caráter nobre e enérgico e ao mesmo tempo meigo e bondoso. Pouco a pouco D. Theresa lhe ganhou amor de mãe. Até os vinte anos, que já Dulce contava, este amor não afrouxara, nem no meio dos graves cuidados que cercaram a infanta nos primeiros anos da sua viuvez, nem com a louca afeição do conde Fernando Peres. As esperanças que a donzela dera se haviam inteiramente realizado. Dulce era um anjo de bondade e de formosura.

Mas este anjo inocente, rodeado de carinhos das mais nobres damas, das adorações dos mais ilustres cavaleiros da corte, parecia ter cerrado inteiramente o coração ao amor. Verdade é que entre os mancebos, sempre atentos a indagar as inclinações das donzelas, tinham existido suspeitas de que esta indiferença e frieza era mais simulada que verdadeira. Eles haviam observado que os olhos de Dulce

---
104. Túnica de frade
105. Cuidados de fazer a vontade

costumavam fitar-se com desusada complacência num donzel, que bem como ela fora criado na corte. Era este Egas Moniz Coelho, primo do ancião Egas Moniz, senhor de Cresconhe e Resende e aio do moço infante Afonso Henriques. Pouco diferentes em idades, semelhantes em gênio e caráter, e educados juntos desde tenros anos pelo respeitável senhor da Honra de Cresconhe, os dois mancebos haviam contraído amizade íntima. Na mesma noite e na sé de Zamora tinham velado as armas. Como prova da sua independência política, D. Afonso tomara do altar a armadura e a si próprio se fizera cavaleiro. Das mãos dele recebeu depois o mesmo grau, alvo da ambição de todos os mancebos nobres, o seu amigo de infância; e o infante e Egas, até aí irmãos pela afeição mútua, ficaram ainda mais unidos pela fraternidade das armas.

    As suspeitas dos moços cavaleiros tinham nascido pouco depois da vinda de D. Afonso e de Egas para a corte de Guimarães. Mas semelhantes suspeitas breve se desvaneceram. Inesperadamente Egas Moniz partiu para as guerras de ultramar, ou, como hoje se diz, para a cruzada. Ninguém atinou com o motivo desta súbita resolução. Todavia, se os amores com Dulce existiam realmente, era essa paixão quem o afastava dela. Nascido com espírito ardente, trovador e guerreiro, Egas precisava obter glórias, porque as almas poéticas daquele tempo não compreendiam o amor sem renome, nem talvez sem este o encontrariam no seio de nobre donzela, digna de sua afeição. A Terra Santa era naquela época o campo mais fértil para os ceifadores[106] de glória: as reputações adquiridas na Palestina retumbavam por todo o orbe cristão. Era o amor quem arrastava Egas para essa vida de riscos, privações e combates? Quem poderia dizê-lo? Ninguém sequer o pensou.

    O que é certo é que, depois da sua partida, Dulce pareceu mais triste do que de costume. Porém, se eram saudades, ou se essa alma enérgica soube esconder o seu martírio e devorar no silêncio e solidão da alta noite as suas lágrimas, ou as saudades se extinguiram no meio da vida risonha e distraída da corte. O moço trovador tinha esquecido a todos: pode ser que também a ela.

    Entretanto uma nuvem de cavaleiros a cercaram de adorações. Debalde[107]! Só um esperava acender alguma faísca de amor neste coração gelado. Era Garcia Bermudes, cavaleiro aragonês, valido do conde de Trava, e uma das melhores lanças de Espanha, que com ele viera a Portugal. Dotado de generoso ânimo, mas sobradamente altivo e confiado no próprio mérito, Garcia Bermudes amava a donzela querida de D. Theresa, e esperava ser correspondido; porém no coração de Dulce achara um afeto que lá não quisera encontrar: amor sim, mas amor de irmã. Era ele quem no meio das festas obtinha todas as preferências da filha adotiva da infanta: a sua conversação a que mais lhe aprazia. Contudo, quando no meio do ruído e da alegria dos saraus, ou cavalgando no ginete[108] possante e correndo ao lado do palafrém[109] de Dulce pelas florestas e sarçais, nas montarias e caçadas, ele

---

106. Colhedores
107. Inutilmente, em vão
108. Cavalo de boa raça, ligeiro, dócil e bem adestrado; corcel
109. Cavalo elegante, de boa linhagem, próprio para montaria de senhoras

buscava ensejo[110] para proferir essas palavras veementes que, escutadas sem cólera, coroam esperanças de muitos dias, e repelidas entenebrecem o futuro e devoram uma existência, Dulce esquivava sempre com um gracejo esse instante decisivo, e o aragonês, apartando-se dela, amaldiçoava a hora em que amara, para daí a pouco imaginar novo ensejo em que pudesse resolver por uma vez o seu incerto destino.

Dulce era a donzela assentada na extrema almadraquexa do estrado; Garcia Bermudes o cavaleiro com quem ela falava e ria; e o que entre os dois se passava, uma repetição dessas cenas em que tantas vezes a destreza da mulher que não ama sabe triunfar cruelmente da mais terrível entre as mais terríveis paixões, o amor do homem, recalcado no coração pela indiferença daquela a quem no abismo do seu orgulho disse: "Tu serás minha!".

Dos três personagens que, em pé no outro extremo do vasto aposento, pareciam alheios a tudo quanto se passava em volta deles, embebidos em disputa violenta, um era o célebre Gonçalo Mendes da Maia, ao qual, em verdes anos, estremadas gentilezas das armas tinham feito dar o apelido de O Lidador, de que por toda a sua larga vida ele se havia de mostrar constantemente digno. Era o outro o capelão de D. Theresa, o muito honrado Martim Eicha, filho do mui excelente váli de Lamego, Eicha, que submetido pelo conde D. Henrique abraçara o cristianismo. Martim Eicha seguira o exemplo paterno, e como em todas as opiniões deste mundo os renegados são os mais fervorosos na sua nova crença, achara ele em consciência que para se mundificar das torpezas do islamismo devia abraçar a pura vida do sacerdócio. Cônego da sé de Lamego, restaurada por D. Fernando Magno, e que nesta época se achava unida à de Coimbra, o bom do tornadiço[111] não pudera na santidade do seu ministério riscar do espírito a lembrança profaníssima de que nascera filho de um váli. Voavam-lhe os pensamentos altivos para os paços reais, como à gata da fábula fugiam as unhas para o murganho depois de transformada em mulher. Finalmente os seus desejos cumpriram-se. A bela infanta de Portugal chamou-o à corte, apenas dela saiu desgostoso o arcebispo de Braga, cujo caráter austero malsofria os amores de Fernando Peres e de D. Theresa. Martim Eicha era o homem talhado para o caso. O seu Evangelho fora, por assim dizer, escrito num palimpsesto[112] do *Alcorão*, e as doutrinas do profeta, relativas à metade mais formosa do gênero humano, reverdeciam-lhe às vezes através da severidade das sacras páginas e confundiam-se a seus olhos com elas. Por esta causa, vinha o cônego Martim Eicha a ser o capelão mais a ponto naquelas intrincadas circunstâncias, em que os princípios de teologia moral andavam em tanta harmonia com os costumes, como neste bendito século XIX as sãs doutrinas políticas andam conformes com a realidade dos fatos.

Era, finalmente, a terceira pessoa daquela trindade argumentadora e disputante, o abade do mosteiro de D. Mumadona, velho folgazão mas honesto, que na mesa dos banquetes despejava uma taça de vinho e ainda um cangirão de cerveja, ou varria uma palangana de dobrada, iguaria mimosa desse tempo, com o mesmo

---

110. Oportunidade
111. Desertor; apóstata; renegado
112. Manuscrito em pergaminho que, após ser raspado e polido, era novamente aproveitado para a escrita de outros textos (prática usual na Idade Média)

fervor e devoto recolhimento com que na solidão da sua cela rezava as horas canônicas, ou garganteava no coro salmos e antífonas com os seus frades. Apesar dos benefícios que o ascetério de Guimarães recebera da infanta; apesar do gasalhado que encontrava no paço, o bom do velho torcia sem rebuço o nariz à tão íntima privança do conde Fernando Peres com a rainha. Não porque desse ouvidos aos maldizentes, que ainda nas mais puras ações vertem a peçonha de seus estômagos danados, mas porque não podia negar crédito ao que seus olhos viam e a experiência e razão lhe ensinavam. Enxergava ao longe o crescer da tempestade que ameaçava assolar a terra de Portugal: vira nascer, engrossar e rebentar como um vulcão o ódio entranhável, acumulado por anos, entre o senhor de Trava e o moço Afonso Henriques; vira dividir-se a fidalguia em dois bandos; e quando o infante, dois meses antes da época da nossa história, desaparecera dos paços de Guimarães, seguido de vários ricos-homens e cavaleiros da sua parcialidade, o bom do abade conhecera que uma terribilíssima luta se ia travar entre a mãe e o filho, luta desnatural e monstruosa, cujo desfecho, fosse qual fosse, não podia deixar de gerar muitos crimes. A precipitação com que se fortificara o burgo, e as notícias vagas de que o infante se aproximava de Guimarães com uma hoste[113] numerosa, e acompanhado do arcebispo de Braga e dos seus homens de armas, lhe punham ante os olhos, como iminentes e inevitáveis, as cenas tremendas que de longo tempo previra. O estado dos negócios públicos era o objeto da acesa prática dos três; ou por nos servirmos de uma francesia da moda – eles faziam política.

Era também o perigo que os ameaçava a ambos; era a nuvem procelosa[114] que viam já no horizonte da sua vida, até aí tão povoada de deleites, tão rica de esplendor e de predomínio, o pensamento que turbava a fronte do nobre Fernando Peres, e fazia gotejar pelas faces da bela infanta as lágrimas, que em vão ela tentava conter. Com olhos enxutos e ânimo de ferro, a filha de Afonso VI tinha vivido, durante dezesseis anos, quase sempre nos campos de batalha, nos arraiais junto aos castelos cercados, ou encerrada nestes defendendo-os. Com olhos enxutos e ânimo de ferro, tinha visto várias vezes as rotas dos seus homens de armas, e tinha fugido com eles; assistira a muitas cenas de carnificina[115]; ouvira muitas vezes pela alta noite, na tenda de guerra, gemidos de moribundos, e o uivo do lobo descendo das brenhas, guiado pelo cheiro do sangue; havia apenas um ano que se vira constrangida a curvar a cerviz à fortuna de seu sobrinho, o imperador Afonso Raimundes; mas nunca sentira coar-lhe pelas veias o terror ou o desalento: a sua alma era a de guerreiro, escondida debaixo das formas delicadas e suaves de mulher. Criam-no todos: cria-o ela. Mas o prestígio passou. A dura prova a que a pusera uma paixão desgraçada revelava enfim a fraqueza feminil. Até então no jogo dos combates apenas arriscara o vasto senhorio de Portugal; mas no que se lhe oferecia agora expunha o amante, expunha todo o futuro, toda a esperança e todos os contentamentos. Por isso as lágrimas da bela infanta corriam. Quem sabe se também entre estas alguma era por seu filho?

O sarau daquela noite fora para ela um longo martírio. O espetáculo do rir e folgar, o transluzir da alegria em tantos gestos, faziam-lhe mais carregada a negra

---
113. Exército
114. Tempestuoso
115. Grande matança de pessoas

nuvem da sua tristeza: era um trato doloroso, cruel, dilatado; era como o prelúdio[116] medonho de um cântico infernal; mas cumpria sofrê-lo resignadamente. Dos cavaleiros portugueses, que seguiam ainda a corte, muitos ânimos titubeavam indecisos entre o balsão[117] do infante e o pendão[118] da rainha de Portugal; e a hesitação ou o temor seria o sinal para essa fidalguia brilhante passar ao campo contrário. Fernando Peres contava com os cavaleiros galegos, asturianos e aragoneses, de que pouco a pouco se rodeara: mas seria isto bastante para o salvar e salvar a infanta? Eis o que era mais que duvidoso. Com a astúcia de fingido desafogo e destemor ele tentava enganar os que vacilavam, e fazer-lhes crer, dançando na borda do abismo, que fácil lhe seria galgá-lo.

Mas o senhor de Trava não se lembrava nos seus cálculos políticos de uma circunstância que devia influir no resultado final deles. O grande pensamento do conde Henrique; o pensamento que o audaz borgonhês acariciara por tantos anos, e a que votara a existência – a independência do condado de Portugal – não morrera com ele: germinou, alimentou-se, e cresceu nas guerras com os leoneses, guerras até certo ponto civis, em que D. Theresa prosseguira com tenacidade[119] implacável. As mais províncias da Espanha gradualmente foram parecendo aos olhos dos cavaleiros portugueses uma terra estrangeira, estranhos os filhos delas. Um sentimento de nacionalidade surgiu nos corações, vago e confuso, mas enérgico. E, no meio dos seus graves cuidados e das suas previsões profundas, o conde de Trava não se esquecera de que vira pela primeira vez o sol sob o céu da Galícia.

Se D. Theresa triunfasse, ele – o estrangeiro – seria o senhor da nobre e livre terra de Portugal. D. Afonso Henriques, porém, nascera aquém do Minho. Assim, muitos daqueles que o ambicioso filho de Pedro Froylaz supunha indecisos na véspera da grande luta eram já seus inimigos.

É o que o leitor melhor avaliará por si próprio se quiser escutar a conversação travada entre Gonçalo Mendes da Maia, o santo abade do mosteiro de D. Mumadona e o mui reverendo capelão da rainha. Não será grande o incômodo: basta-lhe lançar os olhos para o capítulo seguinte.

---

116. Peça musical, escrita ou improvisada, que serve de introdução a uma composição vocal ou instrumental
117. Insígnia ou bandeira antiga
118. Na Idade Média, flâmula usada por um gentil-homem no alto da lança, ao partir para a guerra
119. Apego obstinado a uma ideia, a um projeto; persistência

IV

Receios e esperanças

*D*om Bibas não era bobo; era o diabo. Logo veremos por quê.

Convidamos o leitor para escutar a conversação travada entre Gonçalo Mendes, o abade beneditino e o mui reverendo cônego de Lamego, Martim Eicha. Pode ouvi-los agora. Embebidos no seu grave disputar, todos três se esqueceram completamente do lugar onde estavam e do sarau, que, depois do doidejar vívido e alegre ao redor dele, esmorecia já e esfriava em paroxismo[120] final. A noite correra sem que de tal dessem tino. Sobre o tumultuar dos passos, sobre o ruído do falar confuso, sobre as toadas dos instrumentos, que afrouxam, ouve-se primeiro o vozear retumbante do Lidador; depois as palavras flautadas, escandidas, melifluamente[121] hipócritas do capelão da infanta; e por último as falas brandas, tardas e suaves do beneditino. Esta gradação corresponde ao progresso do silêncio que principia a predominar na sala: é a medida do tédio que leva de vencida o deleite naquele ajuntamento lustroso.

— Eis aí — dizia o Lidador voltando-se para Martim Eicha — o que eu havia previsto: eis aí o resultado final do desenfreado orgulho do senhor de Trava e dessa desgraçada afeição da rainha. Depois do folgar pacífico em jogos de tavolado e saraus oferecem-nos uma festa de sangue.

— Mas quem sabe se essas novas são verdadeiras? — interrompeu o abade, que parecia olhar duvidoso para o honrado cônego de Lamego.

— Sei-o eu! — replicou este com um gesto de sobrecenho[122] e de autoridade. — Ouvi-as do escudeiro que as trouxe e — acrescentou com sorriso de mistério — disse-mo quem tão bem como ele o sabia, e acerca disso me perguntava: "Pois que faremos, D. Eicha? É lástima: é na verdade lástima! Não me sofre o ânimo ver assim um moço ambicioso e louco desacatar com armas rebeldes sua mãe, sua senhora. Largo campo à cobiça de honra e domínios, se pretende ganhar nome e poder, se lhe abre em terras de infiéis. Se tem sede de sangue, derrame o sangue dos malditos ismaelitas, moabitas e agarenos. Os campos do sul aí estão patentes à ambição dos ousados. Que vão devastar as searas dos mouros, derribar as suas povoações e castelos, incendiar-lhes as mesquitas, onde diariamente se repetem as blasfêmias, torpezas e imundícies do abominável Alcorão. Deus há de puni-lo: o castigo é infalível, mas para isso a espada cristã

---

120. Extrema intensidade de um sentimento
121. De maneira harmoniosa, doce, delicada
122. Semblante carregado, carrancudo

encontrar-se-á no ar com a espada cristã, e a lança romperá a cervilheira[123] assinalada com a cruz de Jesus Cristo."

O honrado cônego invectivava[124] assim, todas as vezes que lhe caía a talho, contra os sectários[125] de Mafamede, porque os conhecia de perto.

– Mas – acudiu o abade – se o infante traz esse número de cavaleiros e besteiros; se o mui poderoso arcebispo de Braga o favorece tão claramente; se os burgueses da sé do Porto e os de Coimbra começam a agitar-se, como deixará a rainha de vir a concórdia com seu filho?

– É impossível – interrompeu Martim Eicha. – Ele pretende que o ilustre conde de Trava lhe entregue as honras e préstamos que tem da munificência real, e que saia destes paços. Não contente com isso, pretende também que sua mãe lhe ceda o supremo poder: invoca o exemplo de Afonso Raimundes e o direito de suceder a seu pai, sem se lembrar que jamais Henrique de Borgonha cingiria a coroa de conde, se não houvera sido esposo de uma filha de Afonso, O Grande. Que herdou de feito o infante de seu pai? Um nome glorioso; mais nada. Portugal não é herança dos duques de Borgonha, mas dos filhos dos reis de Espanha, e D. Theresa é filha do último deles.

O Lidador sentiu subir-lhe às faces o rubor da cólera ao ouvir estas palavras.

– É falso – exclamou ele – que a alguém devesse o conde de Portugal os senhorios que deixou a Afonso Henriques, di-lo-ei sem receio! Se o rei leonês lhe disse: "Vai e hasteia o teu pendão de conde nas fronteiras do ocidente" era que aos seus ouvidos tinham chegado os gemidos dos cavaleiros do conde Raimundo da Galícia, passados à espada pelos sarracenos junto de Lisboa. Nunca depois disso, acautelados por ele, voltaram costas aos infiéis os guerreiros da cruz. Portugal era até aí um país devastado; era quase um deserto, por onde corriam à rédea solta os almogaures[126] mouriscos: hoje os campos estão cultivados, os castelos seguros, os burgos e cidades renascem das suas ruínas. Respeitai as cinzas do nobre conde: respeitai-as ao menos diante de mim, que dele recebi as armas de cavaleiro, e que ainda combati entre os seus homens de armas. Não sei se vos lembrais disso?!

O Lidador talvez aludia[127] à conquista de Lamego. Era acaso uma injúria que ele dirigia ao filho do váli e não uma pergunta. O certo é que Martim Eicha fitou os olhos no teto, e depois volveu-os lentamente para o chão, como quem oferecia a Deus a afronta e se resignava nela. Gonçalo Mendes prosseguiu:

– Chamais ao infante rebelde contra sua mãe. Não, vos digo eu! Mil vezes não! Por largo tempo o mancebo generoso viveu nestes paços esquecido, desprezado, como um ínfimo homem de armas. O seu nome escrito nas cartas e doações, acima do nome do conde de Trava, era unicamente o que ainda recordava de quem ele era filho. Escárnio cruel na verdade; porque esse que aí se chamava infante de Portugal era obrigado a curvar a cabeça diante do senhor estranho. É a esse que ele vem arrancar o poder, porque o poder está em suas mãos. Credes que aprovo

---

123. Espécie de camal que defendia a cabeça e a nuca
124. Proferir invectivas; atacar, injuriar: invectivar alguém
125. Que ou aquele que pertence a uma seita; seguidor, sequaz, partidário
126. Guerreiro, pelejador
127. Fazer alusão ou referência a

o feito? Não, por certo. Ante os barões e ricos-homens, na cúria, devera requerer seu direito. Mas perdeu-o acaso porque, esgotado o sofrimento com o excesso da opressão, respondeu à violência com o brado de guerra? Os senhores e infanções portugueses não o creem. Se o cressem não o teriam escutado: não o seguiriam aqueles que ora o seguem.

O bom capelão não se deu por vencido e com inflexível tenacidade replicou:
— A rainha D. Theresa domina em Portugal: o conde de Trava é um conde, um rico-homem, um alcaide; mais nada. Os barões portugueses juraram-lhe lealdade a ela, e é contra ela que se rebelam. Dizei-me vós, senhor cavaleiro, de quem tendes vossas honras, coutos e préstamos? De quem, como vós, os têm eles?

— A rainha é a viúva do conde Henrique. Não queirais obrigar-me a dizer-vos o que acerca dela tumultua nesta alma. Basta que responda à vossa pergunta. As honras que possuo herdei-as de meus avós: os préstamos ganhei-os à lança e à espada: foi preço de sangue o que dei por eles. Preito[128] e lealdade? Ricos-homens de Portugal guardam-no a quem lhes guarda seus foros. Têm estes sido guardados? Sabemo-lo nós: sabe-o Deus. Ele será o nosso juiz.

— O juízo de Deus — tornou Martim Eicha com maldisfarçada raiva — profere-se em repto e combate, segundo foro dos bem-nascidos de Espanha. Por que não ides com os acostados que pelejam debaixo do vosso pendão, e vivem da vossa caldeira, ajuntar-vos com o infante? Afirmo-vos que entre ele e a filha de Afonso de Leão há repto e haverá combate. Tereis aí o juízo de Deus.

— Porque eu — atalhou o Lidador cravando nele os olhos indignados —, homem afeito à vida de batalhas, trabalharei até o fim para que irmãos não derramem sangue de irmãos em lutas de mãe e de filho; porque eu, o homem que, ao abrir os olhos no mundo, a primeira luz que vi foi o reflexo brilhante de armas polidas, e que espero, ao cerrá-los para sempre, vê-las reluzir no volver derradeiro deles, tomei a meu cargo o vosso mister; o mister dos clérigos e letrados da corte, dos homens de paz, dos prudentes, que saudais o dia em que lanças cristãs topem em escudos de cristãos; que sorrides à imagem desse dia em que esperais ver satisfeitos ódios e vinganças mesquinhas. Tentarei frustrar o atroz[129] pensamento dos maus, e se o meu tentar sair vão, ao menos a consciência há de ficar-me tranquila.

O capelão, que sabia qual era o caráter violento de Gonçalo Mendes da Maia, julgou acertado não lhe responder: o abade, porém, que se havia conservado em silêncio durante a disputa, tomou nesse ponto a mão.

— Quanto a mim — disse ele — não me perdoe o senhor na hora extrema do passamento[130], se mentem minhas palavras. Sempre e em toda a parte clamei pela paz, e ainda hoje clamo por ela. Também como vós quisera que o infante na cúria dos barões requeresse direito; mas, como vós, também quisera que não lho negasse a rainha, posto que o demande armado. A tal façanha o incitou o orgulho do conde de Trava e o generoso e nobre sangue que corre nas veias do nobre mancebo. Com a mão sobre o coração vos juro que me horroriza esta guerra desnatural. Mas como

---

128. Homenagem; vassalagem; dependência
129. Desagradável, horrível
130. Morte; a agonia da morte

evitá-la? Como ousareis vós tentá-lo; vós, talvez o único rico-homem da corte de Guimarães, que ousa ser francamente inimigo do conde de Trava?

– Tentá-lo-ei – replicou o Lidador – como leal cavaleiro. Antes que as novas da vinda de D. Afonso, para acometer sua mãe e seu mortal inimigo, houvessem corrido de boca em boca; antes que os mais íntimos conselheiros do nobre Fernando Peres – dizendo isto, Gonçalo Mendes olhava para Martim Eicha – nos pudessem asseverar[131] que o sangue se havia de verter, já eu o sabia: sabia-o porque esses valos alevantados à pressa em volta do burgo, essa couraça que os prende ao castelo, os engenhos postos a ponto nos eirados[132] e torres me diziam sobejamente que nos ameaçava guerra. Guerra de sarracenos? Não vêm tão longe as suas arrancadas. Guerra do imperador? Não quebramos até hoje nosso preito com ele. A causa do temor existia, pois, em Portugal. O infante não há três meses que saiu daqui, e já muitos castelos o receberam por senhor. Vi, soube e calei. Mas a cúria dos barões e ricos-homens da corte está convocada para se ajuntar amanhã. Lá, no meio dos que servem e temem, eu, que não tenho nem sirvo, falarei bem alto. Mostrarei à rainha que se perde; que D. Afonso tem por si fidalgos, bispos, burgueses e vilões de beetrias. Direi ao conde: "Nobre conde da Galícia, é necessário ceder ao infante de Portugal". Então, se não for escutado...

– Então?... – interrompeu Martim Eicha.

– Então aceitarei vossos conselhos. No campo do infante ainda cabem dez tendas para mais cem homens de armas, besteiros e fundibulários: ainda lá se pode soltar mais um pendão ao vento assolador das batalhas.

O abade ia de novo falar, pensando talvez como abrandaria a cólera que se acumulava no gesto carregado do Lidador. Mas uma risada que restrugiu por cima das cabeças dos três lhas fez involuntariamente erguer. A fronte de Gonçalo Mendes desenrugou-se repentinamente. Quase ao mesmo tempo ele e o abade soltaram uma gargalhada. Só Martim Eicha não ria.

Tinha razão sobeja[133].

No calor da disputa, nenhum dos três reparara em Dom Bibas, que se acercara da coluna junto da qual conversavam. O bobo aplicara por algum tempo o ouvido às palavras violentas do Lidador; mas o burburinho dos passos e do falar contínuo, dos sons retumbantes dos instrumentos naquela imensidão da sala não o deixava perceber senão algumas vozes soltas que muito lhe excitavam a curiosidade. Rodeando o feixe de colunelos[134], que, segundo o gosto árabe, unidos só pela base e pelo cimo formavam a coluna ou pilastra em que vinham repousar os artesões do teto, trepara manso e manso firmando-se nos labores da pedra, e se assentara sobre as grandes folhas de lódão entresachadas de figuras extravagantes de centauros, harpias, demônios e górgonas, em que o arquiteto mostrara ceder às influências da arte normanda, que começava a expulsar a arquitetura sarracena dos edifícios de Espanha. Visto naquela altura, assentado no capitel, com os braços lançados sobre os pescoços de duas figuras horrendas, em que se assegurava, Dom

---
131. Apresentar provas; provar, certificar
132. Lugar patente e descoberto sobre a casa ou ao nível de um andar dela; terraço
133. Sobrar; estar em demasia
134. Coluna pequena, coluneta

Bibas pareceria também uma criação desvairada da mente do escultor, se, fitando os olhos brilhantes no reverendo cônego e fazendo-lhe uma visagem truanesca, não começasse a cantarolar com um acompanhamento de risadas estrondosas:

> Quem me dera o meu infante
> Nestes seus paços reais
> Doravante[135]!
> Tra-lirá,
> Ah, ah, ah!
> Ovençais[136]
> Do galego
> Só aí vejo a cada instante!
> Arrenego,
> Dom Garcia
> Desses teus aragoneses,
> E também dos portugueses
> Que te fazem companhia!
> Capelão,
> Canzarrão,
> Hão, hão, hão!
> Tra-lirá,
> Ah, ah, ah!
> Vou fazer de um mouro ao filho
> Um famoso arremedilho,
> Mui de ver,
> Em que a ti te hei de meter,
> Meu rapado,
> Descarado,
> A comer
> Um presunto
> Com seu unto,
> Apesar de São Mafoma,
> E do velho lá de Roma,
> Que te toma
> Por um santo,
> O que és tanto
> Quanto o demo que te leve
> Como deve!
> Tra-lirá,
> Ah, ah, ah!

---

135. De agora em diante
136. Cobrador de rendimentos

Dom Bibas fez uma segunda visagem ao reverendo Martim Eicha, rodeou o capitel, e desceu rapidamente por entre os colunelos. Daí a pouco a sua voz esganiçada ouvia-se no outro extremo da sala de armas. O inesperado da jogralidade[137] do bufão tinha feito desatar a rir o Lidador e o abade. Não assim o honrado cônego de Lamego, a quem as alusões insolentes espalhadas naquela trova satírica haviam mortificado ao vivo. A cólera fugira da alma do cavaleiro; mas fora reconcentrar-se na do sacerdote. Nunca Dom Bibas ousara tanto: o fogo da revolta lavrava já no espírito de um vil bobo! O bom do capelão agarrou-se a este pensamento para cerrar os ouvidos à voz da consciência que dizia terem batido no alvo os motejos cruéis do chocarreiro. Assim, com meneios entre hipócritas e altivos, afastou-se dos dois sem os saudar, e desapareceu no meio da turba dos cavaleiros, jurando pela pele a Dom Bibas, e prometendo relatar ao conde de Trava, nessa mesma noite se pudesse, todas as circunstâncias daquela conversação.

A hora, porém, a que o sarau devia acabar soou. A bela infanta estremeceu ao ouvi-la bater na campa da torre albarrã. Sentiu alargar-se a mão de ferro que lhe apertava o coração; a íntima agonia, que a política do conde lhe obrigava a velar sob o aspecto mentido do contentamento, poderia afinal dilatar-se na soledade em torrentes de lágrimas. Encostada ao braço de Fernando Peres, e seguida das suas donzelas, D. Theresa atravessou os aposentos imediatos e recolheu-se à sua câmara. Os ricos-homens e fidalgos começaram a sair, e pouco a pouco a sala ficou deserta. Apenas um cavaleiro com os braços cruzados e encostado a uma das colunas imediatas ao estrado das donzelas, imóvel, e com os olhos cravados na colgadura da porta por onde D. Theresa saíra, parecia entregue a profunda meditação. Uma voz veio tirá-lo daquele torpor: era a de Dom Bibas, que, repotreado[138] na cadeira da rainha, olhava para ele fito, e lhe salmeava em tom soturno, pela solfa do canto gregoriano, bastas injúrias:

> Fora, parvo aragonês,
> Dom bulrão,
> Tlão, tlão, tlão!
> Vai tratar de teus amores
> No Aragão.
> Tlão, tlão, tlão!
> As donzelas portuguesas
> Lindas são.
> Tlão, tlão, tlão!
> E por isso haver quer uma
> Dom bulrão.
> Tlão, tlão, tlão!
> A Dulce
> É bela
> Donzela;

---
137. Ato ou dito de jogral; bobice, truanice, gracejo, piada
138. Encostar-se comodamente

Mas flor de aleli
Não é para ti.
Kyrieleison.
Kyrieleison.
Requien aeternam dona eis
Et lux luceat eis[139].

O cavaleiro pôs-se a ouvi-lo sorrindo; mas aqueles derradeiros fragmentos das preces pelos extintos, entoados lugubremente e reboando no aposento sonoro, assemelhavam-se aos ecos das orações por finado repercutidas por abóbadas de igreja em trintário cerrado. Sentiu correr-lhe os membros um calafrio – não de temor, porque não o conhecia o seu coração; mas de terror – desse religioso terror que na crédula Idade Média, às vezes, e por mil motivos vãos, vergava os ânimos mais esforçados. Era singular o efeito que nele produzia a voz roufenha[140] de Dom Bibas; mas é certo que essa voz despertava em sua alma lembranças de morte e uma indizível tristeza. Revoou-lhe então lá dentro o pensamento de que no cantar do truão havia o que quer que fosse fatídico, e no seu olhar brilhante o que quer que fosse diabólico. Sentia baterem-lhe com força as artérias frontais, e sussurrar-lhe nos ouvidos um zumbido intolerável. Esqueceu-se de quem era o homem que assim se assentara na cadeira real, para dali lhe repartir as últimas injúrias que naquela noite distribuíra com mão larga. A imaginação lhe transformou o gesto jovial do bobo no aspecto tétrico[141] de um enliçador[142] e o seu cantarolar ridículo nos assentos sinistros de uma velha estrica. Esta espécie de delírio em que havia caído Garcia Bermudes – era ele o cavaleiro – o obrigou a sair precipitadamente da vasta e já mal-alumiada sala, e a descer ao pátio interior, sem olhar para trás, sem encarar o bobo, cujo canto soturno findou numa destas gargalhadas, que não parecem vir da alma e que contristam, porque, naquele que as solta, revelam alienação mental.

Garcia Bermudes parou: o pátio estava deserto; um cavalariço estirado a um canto dormia profundamente, com as rédeas da mula possante enfiadas no braço. O frescor da noite e a serenidade do céu cintilante de estrelas acalmaram o ânimo agitado do cavaleiro; mas o pulso batia-lhe violento e febril. O extravagante pesadelo de homem acordado, que tivera, não procedera do bobo: procedera do lance doloroso por que pouco antes passara. No meio do sarau, na ebriedade da festa, ele ousara finalmente o que até aí não havia ousado. Tudo quanto uma paixão sincera tinha veemente, enérgico, tempestuoso, tudo dissera a Dulce: esse amor, que com tanta arte ela soubera conter nos limites do mistério, deixara de o ser. Mas aquela alma, que parecia tão meiga, tão branda, tão fácil a todos os contentamentos, a todos os afetos, achou-a ele indomável e esquiva a tanto amor. Esta repulsa esmagara o coração de Garcia Bermudes e a sua imaginação delirou. O raio fulminara o cedro: que muito era que ele balouçasse pendido?

---

139. Do latim, significa "Senhor, tende piedade / Conceda-nos a eterna luz que nos ilumina"
140. Fanhoso, anasalado, que fala pelo nariz
141. Tenebroso
142. Enganador

O cavalariço despertou, gemendo, a um rijo pontapé do cavaleiro. Este montou de salto na mula, cravando-lhe os acicates[143] no ventre, galgou pelo portal da torre albarrã, e, correndo ao longo da couraça, sem saber como, achou-se à porta da sua pousada, no bairro coutado e honrado do burgo. No meio de desesperação[144] profunda, uma luz tênue lhe bruxuleava na alma. Dulce prometera explicar-lhe o motivo por que recusava tanto amor. Esta revelação seria feita no dia imediato. A hora aprazada fora a do pôr do sol; o lugar, a galilé[145] contígua à sala de armas, que dava sobre os adarves do norte, e que a esse tempo devia estar erma. Era uma noite e um dia eternos, que tinha de viver, entretanto; mas a esperança mais débil arrosta com a eternidade, e bem que frouxamente o cavaleiro esperava ainda, posto que não ousasse dizê-lo a si mesmo, e talvez nem sequer o cresse.

Daí a pouco tudo parecia dormir no castelo e no burgo. Não era assim: neste velava Garcia Bermudes; naquele, o conde Fernando de Trava, a bela infanta e Dulce. Eram quatro agonias, tremendas todas, mas todas elas diferentes.

A variedade é o que mais ama na vida o coração humano. A providência não se esqueceu de conceder-lhe em grau infinito a variedade na dor.

V

A madrugada

O céu oriental começava a dourar-se com os primeiros raios do sol que surgiam na vermelhidão da madrugada. Alumiando com serena e ainda frouxa claridade o burgo assentado na baixa, iam reflectir-se trêmulos no orvalho pendurado nas folhinhas da relva pelas veigas[146] circunvizinhas; e batendo de soslaio[147] nas muralhas e torres do castelo tingiam as pedras alvas e lisas de cor pálida. Era um alvorecer de manhã de estio no Minho, tão suave, tão poético e pinturesco, que talvez por isso aí colocaram os antigos pagãos o Letes, esse rio cujas águas faziam esquecer as penas e os deleites da vida. Esta virtude, porém, do clima, este deleite que se encontra no aspecto daquelas lindas paisagens, no murmurar dos arroios perenes, nas sombras dos arvoredos frondentes e na risonha verdura dos prados,

---

143. Espora comprida, com um único aguilhão
144. Desesperança angustiosa
145. Galeria entre a parede do frontispício e a porta da nave nalgumas igrejas
146. Campo fértil e cultivado
147. Sorrateiramente, de través, de esguelha

não tinha podido fazer esquecer ao conde de Trava os riscos da sua situação. Atormentado pelos receios do desfecho da luta em que lhe era forçoso entrar, tinha-se revolvido toda a noite no seu leito, sem poder dormir, ora arrependendo-se de haver tratado tão duramente o moço Afonso Henriques, ora fervendo-lhe na alma desejos de vingança atroz contra o mancebo e contra os barões de Portugal, que sucessivamente se declaravam pelo bando do infante. A ideia de se ver cercado em Guimarães por aquele mesmo a quem meses antes fazia esgotar até às fezes o cálix[148] da humilhação, acendia-lhe o orgulho e a cólera a ponto indizível. Então punha-se a calcular as probabilidades de uma batalha campal. Tinha consigo mil lanças entre cavaleiros da Galícia e de Aragão; muitos ricos-homens de Portugal pareciam conservarem-se fiéis, não a ele, mas a D. Theresa; e os borgonheses, companheiros do conde Henrique, educados nas ideias da absoluta lealdade, e investidos pela maior parte em tenências de terras e em alcaidarias de castelos, davam-lhe toda a certeza de que não abandonariam aquela de quem as tinham recebido.

Com esses elementos diversos ele podia ir em arrancada contra a hoste de D. Afonso, superior talvez em peonagem[149] e besteiros, mas assaz inferior à sua em homens de armas. Se, porém, os barões portugueses que ainda se não haviam declarado contra a rainha a abandonassem, a vitória não seria tão fácil de obter: e, posto que o conde tentasse minguar o valor e perícia dos cavaleiros daquém Minho para se esforçar a si próprio, a lembrança de que um tal acontecimento seria possível era, entre todas as que o assaltavam, a mais importuna, e a que principalmente não o deixara repousar durante as curtas horas de uma noite de junho, a qual para ele fora uma das mais longas da sua vida.

Assim, apenas a luz duvidosa da aurora raiava no oriente, já a ponte levadiça do castelo de Guimarães descia à voz impaciente de Fernando Peres, montado no seu ginete andaluz. Os atalaias[150] viram-no sumir-se entre a casaria do burgo, e daí a pouco tornar a aparecer além dos valos alevantados à roda da povoação. Acompanhava-o já outro cavaleiro, cujas feições a escassa luz da madrugada não deixava bem divisar, mas que alguns dos esculcas[151] apostavam ser Garcia Bermudes, o íntimo amigo do conde; o único homem que sabia moderar o seu caráter violento e altivo, e que parecia senhor de todos os segredos daquela alma dissimulada e ambiciosa. Fosse quem fosse o cavaleiro, o conde rodeou com ele os valos e, passando perto outra vez do castelo, os dois se embrenharam numa selva profunda, que se estendia a pouca distância deste para a parte do norte.

O cavaleiro era de feito o valido de Fernando Peres. A amizade dos dois se travara e crescera na Palestina. Garcia salvara o conde em certo recontro[152], no qual o filho de Pedro Froylaz, a pé e coberto de feridas, mal se defendia já, com um troço da espada partida, da multidão dos sarracenos que o cercavam. Desde então, companheiros de perigos e deleites, nunca mais se haviam separado. Era uma destas fraternidades de armas de que os tempos bárbaros nos oferecem tantos

---
148. Cálice
149. Peões
150. Vigilante
151. Guarda avançada, nos exércitos antigos
152. Combate breve, peleja

exemplos, porque ainda então existia a individualidade do homem de guerra, hoje completamente anulada pelo valor fictício a que chamamos disciplina.

Ao passar pelo burgo, o conde avistara o cavaleiro, de cujos olhos também fugira nessa noite o sono, posto que por bem diverso motivo. Pela primeira vez Fernando Peres de Trava desejou esconder ao seu amigo os pensamentos que lhe vagueavam no espírito. Todos eles se resolviam num sentimento único – o temor. Envergonhava-se de si mesmo, e não ousava confessar a fraqueza do seu coração àquele cujas faces nunca vira demudadas no meio dos maiores riscos. Procurando dar ao semblante carregado uma expressão de alegria, bradou de longe ao cavaleiro, que embebido em cismar profundo nem sequer sentira o tropear do ginete:

– Madrugador sois, Garcia Bermudes. Já vejo que ainda vos lembram as alvoradas de ultramar.

Garcia sofreou a mula de corpo em que ia montado, e volveu para trás os olhos. No seu gesto estava impressa a mais profunda melancolia.

O conde esporeou o ginete até emparelhar com o cavaleiro, e estendeu a mão para ele. Garcia Bernardes apertou-a na sua, e Fernando Peres sentiu que estava trêmula e febril.

– À fé que mal te foi a noite passada: a tua mão é ardente; tens no rosto pintado o padecimento.

– Verdade é, nobre conde – respondeu tristemente o cavaleiro –, duas noites semelhantes à que passei, e estes cabelos estarão brancos, e este braço vergará como o de um velho ao sopesar a lança.

– Mas por que assim padecendo te diriges para a campina, úmida com o rocio[153] da noite, quando talvez pudesses repousar agora no sono da madrugada.

– É porque busco o ar e a luz do céu como um refrigério; é porque sinto cá dentro um fogo que me devora, e preciso de respirar livre na solidão.

O conde viu duas lágrimas bailarem sob as pálpebras do cavaleiro. Parou espantado. Era inaudito[154], monstruoso, impossível o que via. Nunca a dor de feridas, a sede nos desertos, a fome nos castelos sitiados, e até a morte de amigos queridos no campo de batalha, lhas haviam arrancado. Ocorreu-lhe então um pensamento súbito, porque Fernando Peres era hábil em conhecer os afetos humanos. Parou, e, cravando a vista de lince no rosto de Garcia Bermudes, disse-lhe no tom firme e positivo de quem descobrira um segredo:

– Garcia, tu és infeliz pelo amor!

O cavaleiro corou levemente e, com a voz afogada, respondeu:

– É verdade!

O conde sabia que ele amava Dulce: toda a corte o sabia. Fernando Peres folgava com a ideia de prender por laços mais fortes que os da amizade aquele esforçado homem de guerra à fortuna de D. Theresa e à sua. Dulce seria disso um penhor, e a afeição particular que ela mostrava ao cavaleiro persuadira o conde e a infanta de que os seus intentos e desejos seriam brevemente cumpridos. A tristeza de Garcia, a que não achava outra razão possível

---
153. Orvalho
154. Que nunca se ouviu dizer; extraordinário, espantoso

depois de um sarau a que tinham assistido tantos cavaleiros mancebos e gentis--homens, lhe fez crer que entre os dois amantes se levantara alguma destas procelas[155], com que o suão mirrador do ciúme costuma entenebrecer às vezes o céu risonho desta quadra da vida tão bela e tão passageira. A resposta de Garcia o confirmou nesta ideia.

– Dulce traiu-te, pois? – prosseguiu o conde sem tirar dele os olhos.

– Não – replicou o cavaleiro –, porque nunca fui amado por ela!

Estas palavras eram uma fria e morta expressão, como para representar paixões violentas o é sempre a linguagem dos homens: e todavia no acento com que haviam sido proferidas revelava-se bem o martírio atroz do orgulho ofendido e do amor desprezado, que ralava o coração de Garcia.

– Nunca!? – interrompeu Fernando Peres. – Cria eu o contrário: tinha talvez razão para o crer. Se, porém, não é Dulce a dama dos teus afetos, ousarei eu perguntar a Garcia Bermudes o nome da sua amada e a causa do seu padecer?

No tom dessas palavras havia o que quer que era de ironia e motejo.

– Conde de Trava – replicou o cavaleiro –, só disse que jamais fui amado por Dulce: não que eu não a amava. Nunca o encobri a ninguém, e vós sabeis que muitos segredos meus, que todos ignoram, nunca de vós os escondi.

O modo sentido e de amarga repreensão com que Garcia respondera fizera conhecer a Fernando Peres que a ferida aberta naquele coração era dolorosa e profunda. Então, estendendo de novo para ele o braço, disse-lhe sorrindo:

– Vamos, falemos sério e perdoa o meu gracejar[156]. Se amas Dulce, ela será tua. Cóleras de amantes passam como a nuvem varrida do norte; e que não fosse assim, seria eu o tufão que a afugentasse. Sabes que Dulce é a filha adotiva da rainha. Será tua esposa a um aceno do conde de Trava; e não é o conde de Trava o teu mais verdadeiro amigo? Oh, abre-me o teu coração!

E apertava entre as suas a mão do cavaleiro.

Garcia Bermudes alevantou para ele os olhos úmidos e tristes. Por algum tempo ficou em silêncio, e por fim exclamou:

– Não sabes o mal que me fizeste; não sabes o bem que ora me fazes! Sufocava-me o peso da minha agonia: deixá-la, enfim, dilatar-se!

Então, seguindo por meio da selva, narrou ao conde tudo o que se passara na véspera, e a larga história do seu desditoso[157] amor, que o mundo cria retribuído e feliz. Aquela narração eloquente, como a paixão lha ensinava, chegou a comover o ânimo de Fernando Peres, que, distraído a princípio, escutara pacientemente essa larga confidência, com o único intuito de tornar mais íntimos pela gratidão os laços que prendiam à sua sorte um homem, de cujo esforço tanto carecia na dificultosa situação em que se achava.

E assim, apenas Garcia cessara de falar, o conde bradou – e desta vez as suas palavras vinham da alma:

– Cavaleiro, Dulce será tua mulher: juro-o pelas cinzas de meu pai!

Era o mais grave juramento de Fernando Peres. Poucas vezes o ouvira Garcia

---

155. Grande agitação
156. Dizer por graça, brincar
157. Infeliz

Bermudes jurar pelas cinzas de Pedro Froylaz.

— Dulce — prosseguiu o conde — é órfã e pobre: por foro de Portugal à sua mãe adotiva, senhora dos préstamos de que ela é herdeira, pertence escolher aquele que há de desposá-la. Tu serás o escolhido, e sê-lo-ás talvez hoje mesmo. Afirma-to o conde de Trava.

O cavaleiro ficou por largo espaço pensativo. Reflexões encontradas tumultuavam no seu espírito. Nestas eras civilizadas, em que a ideia do amor é mais pura nos corações que o compreendem, nenhum ânimo generoso deixaria de recusar com horror esse meio violento de satisfazer seus desejos. Naqueles rudes tempos, porém, a generosidade e a delicadeza dos afetos morais era mais um instinto confuso que uma doutrina definida, gravada na alma pela educação e pelas crenças sociais. Era por isso que Garcia hesitava entre o íntimo aconselhar de uma nobre consciência e o cego desejo de paixão ardente. A tenuíssima esperança que ainda lhe restava fez triunfar, enfim, a sua natural generosidade.

— Não — disse ele —, não quero dever à obediência o que só quisera merecer pelo amor.

— Que importa? — interrompeu Fernando Peres. — Deixa, Garcia, aos trovadores essas afeições que se pagam de submissão e suspiros. Juramento feito pelas cinzas de meu pai nunca deixei de cumpri-lo. Poderia agora fazê-lo?

O cavaleiro pareceu meditar um momento: depois acrescentou:

— Bem o sei, mas promete-me uma só coisa.

— Qual é? — atalhou vivamente o conde.

— Que não será hoje que o cumpras.

— Oh, quanto a isso — respondeu Fernando Peres sorrindo —, não o jurei eu. Nem poderia jurá-lo. O conselho dos barões, que vai daqui a pouco ajuntar-se nos paços de Guimarães, deve ser demorado e tempestuoso. Conheces o que há de tratar-se; e que não conto com todos os ricos-homens de Portugal como conto contigo. Teremos brava batalha.

— Enquanto este braço puder menear uma acha-d'armas[158]; enquanto nestas veias houver uma gota de sangue, aquela ferirá sem piedade os teus inimigos, este será derramado para te defender a ti.

O conde caíra naturalmente na realidade da vida, e voltara ao habitual egoísmo de que por momentos Garcia Bermudes o fizera sair. Quando o avistara, ao atravessar o burgo, tinha-lhe ocorrido consultar o cavaleiro, cuja mestria de guerra ele conhecia, sobre o sistema que devia seguir ao começar a luta com Afonso Henriques, luta que bem conhecia ser inevitável. Aproveitando o ponto em que tocava quase imprevistamente, foi sem revelar nunca os receios que o assaltavam, conduzindo a conversação de modo que, depois de haverem rodeado o bosque, ao entrar no castelo os dois haviam calculado e disposto todas as traças que julgavam oportunas para chegar naquela guerra iminente a um desenlace feliz para a bela infanta de Portugal, e por consequência para o ambicioso filho de Pedro Froylaz.

---

158. Antiga arma de forma semelhante à de um machado

VI

Como de um homenzinho se faz um homenzarrão

O conde de Trava acertara nas suas previsões: o ajuntamento da cúria fora longo e tempestuoso. Os parciais da rainha, isto é, aqueles cujo poder e ambição se estribavam[159] na influência do conde, patentearam[160] aí, com toda a energia e afeto, a sua inabalável fidelidade à filha de Afonso VI, à qual eles não podiam quebrar seu preito sem se cobrir de opróbrio[161]; por outra parte, aqueles que tinham já posto a mira em alcançar do moço infante as alcaidarias, os meirinhados, as tenências e os cargos da corte, acesos no santo amor da justiça, pugnavam para que a ele se entregasse a herança paterna. Era a luta da consciência de uns contra a consciência dos outros, combate desgraçadamente trivial em todas as épocas de dissensões civis, e de que só é culpada a providência por assim colocar os bandos sob o jugo de persuasões opostas, e estreitá-los entre o desejo da salvação das suas almas e a cruel necessidade de serem inimigos e perseguidores de compatrícios e irmãos, com grande e interior mágoa sua, como nós e o leitor perfeitamente sabemos costuma acontecer em tais casos!

Dos ricos-homens, cavaleiros e clérigos, portugueses por nascimento, que ainda não seguiam abertamente o pendão de Afonso Henriques, alguns neste momento decisivo mostraram a sua resolução firme de confiar na fortuna de D. Theresa; mas a maior parte voltava-se para o sol que nascia, tudo por amor da boa terra de Portugal. Entre os primeiros, nas violentas altercações[162] da cúria, se haviam distinguido os dois infanções, Ayres Mendes e Pedro Pais; entre os segundos o Lidador, que cumpriu o que prometera a Martim Eicha. Fernando Peres viu muitas vezes vacilantes as suas esperanças, porque os nobres companheiros do conde Henrique, vivendo havia tanto tempo na Espanha, começavam a confundir nos seus instintos políticos a ideia das instituições francas com a índole das tradições sociais visigodas, que sempre preponderaram na Península. A rainha expusera as pretensões de seu filho perante os barões: Veremudo Peres, irmão do conde de Trava, genro da rainha e senhor de Viseu, que viera assistir àquela espécie de parlamento, tomando a mão, invectivava contra o infante, seu cunhado, e não poupara feros e ameaças contra os parciais dele. A cólera do Lidador não

---
159. Apoiavam
160. Tornaram público
161. Desonra que acorre de maneira pública
162. Discussões acaloradas

precisava de tanto para ser excitada, e palavras igualmente violentas saíram da sua boca em resposta às de Veremudo Peres. Acusou o conde de vexames de todo o gênero e ameaçou também aqueles que o ameaçavam. Pouco a pouco o tumulto, começado pelos dois, dilatou-se e cresceu. As injúrias voaram de parte a parte, os ferros polidos dos punhais principiaram a reluzir meio arrancados dos cintos, e a sala do conselho ia converter-se num campo de batalha, quando dois homens, talvez os únicos que pelo seu caráter público e ainda mais pela sua condição moral o podiam alcançar, atalharam as cenas de sangue de que os paços de Guimarães estavam a ponto de ser teatro. Quase ao mesmo tempo dois sacerdotes se alevantaram a pedir tréguas em nome de Deus. Era D. Tello, arcediago de Coimbra, um deles; o outro, Fr. Hilarião, o bom velho abade do mosteiro de D. Muma, que já o leitor conhece. Àquele dissera muitas vezes D. Theresa que assaz grato lhe seria vê-lo bispo da sua sé, a qual então se achava órfã de pastor; a este, a predileção que sempre mostrara pelo seu mosteiro e por ele em especial o moço príncipe, fazia crer com bom fundamento que não eram vãs de todo várias palavras que uma vez lhe ouvira soltar acerca não sabemos de que doação ao santo ascetério de Guimarães, de certa vila ou herdade, com cinquenta homens de criação, e seus montes e pastos, fontes e lagoas, êxitos e regressos. Não os moviam na verdade estas circunstâncias, que apontamos casualmente, a serem, D. Tello inclinado a favorecer a justiça da bela infanta, e Fr. Hilarião a justiça de Afonso Henriques. Pregoava-os o mundo por virtuosos: nós ajuntamos o nosso brado ao do mundo. Mas é indubitável que eles ambos estavam persuadidos de que o outro seguia uma causa má, e afligiam-se profundamente de ver assim a virtude desvairada e perdida no meio do campo contrário.

Alguém que subitamente entrasse no lugar em que se ajuntara aquela espécie de parlamento e visse os dois sacerdotes, pálidos e trêmulos, proferirem palavras de razão e de paz no meio do tumultuar e vozear dos ricos-homens e infanções, cujos olhos chamejavam de cólera, cujas mãos confrangidas apertavam os punhos dos bulhões que reluziam já meio-arrancados, atribuiria forçosamente a sua linguagem melíflua[163] e cheia de unção[164] ao temor de serem vítimas indefesas dos brutais homens de guerra, se porventura o sangue começasse a correr, visto que nem a cógula do beneditino, nem a garnacha[165] do arcediago eram apertadas com o cinto de couro recamado que cingia os briais dos cavaleiros e com que eles apertavam ao peito, da esquerda a espada e da direita o punhal. Enganar-se-ia, contudo, quanto a nós, quem a tais motivos atribuísse as palavras dos dois homens de Deus. Ainda cremos nas virtudes dos cultores da política: sabemos por experiência que a maior parte das vezes as suas expressões são singelas e nascem de crenças mui fundas; sabemos também que as suas opiniões são em geral desinteressadas e que jamais é o medo que os incita a pregar a concórdia e a paz. E se isto é assim nestes tempos de perversão moral, com bom fundamento afirmamos que eram puras e generosas as intenções daqueles dois ministros do senhor, num século em que as doutrinas do cristianismo estavam vivas e a caridade era fervorosa e sincera.

---

163. Agradável, suave, harmoniosa
164. Doçura particular que leva à devoção
165. Vestimenta talar larga de magistrados e sacerdotes

É certo, porém, que, apesar das diligências que fazia cada um deles para aquietar o furor da respectiva parcialidade, por muito tempo o alarido[166] dos cavaleiros, que se doestavam com bastas e grosseiras injúrias, cobriu as débeis vozes dos varões apostólicos. Finalmente foram ouvidos. A reputação de santidade de que ambos gozavam – no seu bando já se entende –, porque em épocas de ódios civis as reputações facilmente tocam o extremo da profundeza, mas na extensão ficam sempre em metade; essa reputação, dizemos, mais ainda que a força das suas ponderações, fizera pouco a pouco asserenar a tempestade. Os ricos-homens, infanções e cavaleiros vieram enfim a uma conclusão razoável; isto é, saíram dali cada vez mais aferrados às suas opiniões e sem concluir nada.

Um resultado importante produzira, todavia, aquela assembleia: as máscaras haviam caído de todas as faces; todas as equações políticas estavam resolvidas. Cada rico-homem sabia em qual das hostes havia de hastear seu pendão, e cada simples cavaleiro a que pendão se havia de unir. A sorte de Portugal ficava escrita nas pontas das lanças e nas puas das maças de armas. A cúria ia traçar a derradeira sentença à luz do céu – no campo de batalha.

Como se fosse alheio aos acontecimentos daquele dia, o dissimulado e manhoso Fernando Peres saíra da cúria dos barões com o sorriso nos lábios e a raiva no coração. Ficara sabendo que o poder da rainha, ou antes o seu, quase exclusivamente se estribava no braço dos cavaleiros estranhos, e que a fidalguia dos dois condados de Portugal e Coimbra, que ainda não erguera o estandarte da revolta, não tardaria a seguir o exemplo dos que já se haviam declarado pelo infante. Atribuía à influência de Gonçalo Mendes da Maia este sucesso, e o seu ódio contra ele tinha subido de ponto. O Lidador foi, portanto, aquele a quem neste dia mostrou mais prazenteiro rosto.

Um banquete esplêndido havia de terminar a convocação da cúria ou cortes. Os graves cuidados, que durante a manhã tinham ocupado os cortesãos e ricos-homens vindos àquela assembleia, deviam dissipar-se no meio das delicadas iguarias e das taças de vinho escumante. Na mesma sala de armas, onde na véspera ressoara o tripudiar do sarau, ia restrugir[167] naquela noite o folgar do banquete, mais ruidoso ainda, porque nesse dia havia chegado a Guimarães grande número de fidalgos da Galícia, que em Portugal tinham préstamos e alcaidarias da bela infanta, ou antes, do conde de Trava. Os vastos aposentos do paço brilhavam com toda a pompa de um dia de festa na Idade Média. As calças de muitas cores, as plumas das toucas dos senhores, os ricos briais e cotas, onde já a armaria, que as guerras de ultramar começavam a converter em moda, estrearam as suas divisas e bordaduras fantásticas, davam um aspecto de alegria àquele concurso, que debalde se buscaria nas reuniões modernas, monótonas e tristes em trajes como em quase tudo. Pelos eirados e miradouros, pelos adarves e torres do castelo, pelas frestas e balcões do palácio viam-se olhar, gesticular, correr, sumir-se, aparecer de novo centenas de cavaleiros. As escadas, os pátios referviam de escudeiros e pajens, que subiam, desciam, apinhavam-se e dividiam-se em agitação contínua. E o ruído

---

166. Choradeira, lamurias ou clamor de guerra
167. Vibrar fortemente; estrugir, causar estrondo, retumbar

e confusão não se limitavam ao castelo: as ruas e quelhas[168] tortuosas do burgo sussurravam com o perpassar dos homens de armas, dos besteiros e da peonagem, que seguiam para toda parte os ricos-homens e infanções, em maior ou menor número, segundo a graduação e poder de cada um deles. Era este um distintivo da nobreza que raras vezes o fidalgo daquelas eras esquecia, e muito menos quando era, como então se dizia, chamado *a cas d'el rei*[169]. Assim, nestas assembleias políticas, de onde nasceram as antigas cortes, mais frequentes do que geralmente se crê, a povoação destinada para elas oferecia um espetáculo de desordem e de motim impossíveis de descrever; por tal arte que, se inimigos houvessem tomado de assalto a cidade ou vila, onde tais cenas se passavam, o alarido não seria maior nem a confusão mais completa; e a única diferença seria que neste último caso o sangue jorraria em tanta quantidade, como naquele jorrava o vinho, e os gritos de dor e angústia substituiriam os brados e risadas convulsas da embriaguez.

No meio deste burburinho, por toda parte atroador[170], mas infernal nas salas principais do paço, era notável o cuidado com que o conde de Trava procurava não perder de vista o Lidador. Se a alguém fosse possível reparar nisso, fácil lhe fora adivinhar os motivos de semelhante procedimento, depois do que se passara na cúria, e atento o caráter dissimulado, mas cauteloso, do conde. Era um inimigo que devia causar-lhe sérios receios, e, apesar das diligências que fazia para os encobrir sob um gesto festivo, lá se divisava no seu olhar inquieto o susto e a cólera que lhe ralavam o coração.

Assim, vigiando os passos de Gonçalo Mendes, Fernando Peres o tinha seguido de sala em sala, procurando escutar o que ele dizia nos diversos grupos de cavaleiros a que se ajuntava. Mais de uma hora havia que o conselho se apartara, e ainda o conde não tinha deixado um instante de o ver e ouvir, quando um escudeiro do Lidador, rompendo pela turba dos fidalgos, se chegou ao seu amo e lhe disse em voz baixa:

– Senhor, um peão, que afirma ser chegado há pouco da Terra Santa, pretende falar-vos e ao mui reverendo Fr. Hilarião. Diz que voz traz mensagem de amigos vossos, que ora andam em demanda do Santo Sepulcro. Um homem de sua reverência o busca por toda a parte, e eu vim entretanto avisar-vos.

– Um peão vindo da Palestina com mensagem para mim? – replicou o Lidador em voz alta. – À fé que me parece estranho caso! Não disse quem o mandava?

– Não, meu nobre senhor – respondeu o escudeiro –, nem eu me esqueci de lho perguntar: a sua resposta única foi que a vós, e só a vós, o diria.

– Bem! Talvez assim lho ordenassem.

Proferindo essas palavras, o Lidador saiu, encaminhando-se para as largas escadas que davam para o grande pátio do castelo em frente dos paços.

O conde de Trava percebera, posto que imperfeitamente, este diálogo. Um pensamento de desconfiança lhe passou pelo espírito, e o seu primeiro impulso foi o de continuar a seguir Gonçalo Mendes. Mas esta insistência era já demasiada e podia excitar as suspeitas do cavaleiro. Hesitava ainda entre o ir e o ficar, quando

---

168. Mesmo que beco, viela
169. "A caso do rei"
170. Ruidoso

viu perto de si Tructezindo, seu sobrinho e seu pajem, filho de Veremudo, e que muito lhe queria. Deus ou o demônio era quem ali lho enviava. Uma ideia ocorrera subitamente ao ver o mancebo.

– Ouve cá, Tructezindo – disse ele ao gentil pajem, acenando-lhe com a mão e sorrindo.

– Que ordenais, meu senhor e meu tio? – perguntou Tructezindo, chegando ao conde e cravando nele os olhos, em que se pintava toda a malícia possível num rapaz da sua idade.

Fernando Peres afagou-o pondo-lhe a mão sobre a cabeça, de onde se lhe esparziam[171] em ondas sobre os ombros os loiros e anelados cabelos.

– Apraz-te, meu sobrinho-o ver esta grã peça de cavaleiros, que muitas vezes se acharam já em lides de mouros, e que outras tantas têm ganhado o preço de justas e torneios, e sido proclamados vencedores por formosas damas, ao som de címbalos[172] e trombetas, nos jogos da argolinha e do tavolado? Que me deras tu por ser um deles, e cingires uma espada e adaga?

– Dera, meu bom tio – respondeu o pajem – dez ou vinte anos de vida para se acrescentarem à vossa, e não vos daria nada. Bem podíeis vós, se quisésseis, armar-me já cavaleiro, como me prometestes para daqui a um ano. Tenho dezessete e os dezoito vêm tão tarde!

– Por minha alma que respondeste avisado! – replicou o conde. – Não quisera eu anos da tua vida para ajuntar aos meus, que doravante me vêm aborridos[173] e trabalhados. Brevemente eu te armarei cavaleiro: talvez em poucos dias ao som do tinir de golpes em fera arrancada. Basta que a paga de minha mercê seja cumprires o feito de que vou encarregar-te.

– E fá-lo-ei de bom grado – tornou Tructezindo. – Mandai, meu tio, que eu vos obedecerei.

– Um peão, vindo de longes terras, buscava há um momento Gonçalo Mendes da Maia e o abade de D. Muma. O cavaleiro e o monge devem ora estar com esse mensageiro lá embaixo. Acerca-te deles por meio do tropel que flutua apinhado por toda parte e procura saber quem é, o que quer, de onde veio. Escuta também, se puderes, suas palavras.

– E depois? – perguntou o gentil pajem.

– Vem prestes dizer-me o que lá se há passado.

Ligeiro como um gamo, Tructezindo desapareceu. O conde, chegando daí a pouco a um dos balcões da imensa sala de armas, viu ainda o Lidador e o abade que, encaminhando-se para uma viela, que corria entre os paços e o laço ocidental da muralha, pareciam atentos às palavras de um homem, cujo rosto ele não pôde bem divisar, porque o levava meio escondido no capuz de um amplo zorame[174] de lã parda e grosseira, que quase até os pés o cobria. Perto porém dos três viu Tructezindo, que fingia retouçar com os outros pajens, ora travando-se

---

171. Espalhavam
172. Antigo instrumento musical de cordas percutidas, que deu origem ao cravo
173. Que causa tédio ou aborrecimento
174. Antiga capa

a braços com eles, ora fugindo com grandes apupos[175] e risadas, mas girando sempre, como a borboleta ao redor da fogueira, em volta de Gonçalo Mendes, do desconhecido e do abade.

Satisfeito da habilidade com que o seu pajem parecia desempenhar a comissão que lhe dera, Fernando Peres voltou-se para dentro sorrindo de contentamento. Achou-se então face a face com Garcia Bermudes, tão triste no aspecto como nessa manhã o encontrara. Além disso, porém, no carrancudo do gesto dava mostras de que ideias mui graves o preocupavam. No seu ar o conde percebeu que ocorrera algum acontecimento extraordinário.

— Preciso de falar-vos à puridade — disse Garcia Bermudes procurando não ser ouvido dos cortesãos que perpassavam.

— Vinde comigo — respondeu o conde de Trava no mesmo tom e travando-lhe do braço.

À esquerda da sala de armas uma pequena porta dava passagem para extenso e escuro corredor, em cujo topo havia outra porta fechada: o conde tirou uma chave, abriu-a e, cerrando-a após si, os dois cavaleiros se acharam em uma espécie de jardinzinho pênsil[176], assentado sobre uma alta arcaria, que ligava uma das torres do castelo com os paços da bela infanta. As câmaras desta, e os aposentos habitados pelas suas damas e donzelas, cercavam por dois lados este pequeno terrado coberto de flores e arbustos viçosos. Um desses engenhos árabes, que ainda hoje cobrem o solo da Península e fertilizam as nossas veigas e pomares, ministrava constantemente àquele ameno horto, de um poço profundíssimo talhado no rochedo em que repousavam os fundamentos do castelo, água cristalina, que ao cair num tanque de mármore sussurrava brandamente. Junto dele um salgueiro copado formava uma espécie de caramanchão[177] sobre um banco de pedra. Foi para aquele sítio que o conde conduziu Garcia Bermudes, dizendo-lhe:

— Aqui podes seguro falar.

— Acaba de chegar um dos esculcas, que andam disfarçados em besteiros da beetria de Gotingem no arraial do infante — disse o cavaleiro —, dá rebate de que a hoste rebelde caminha para estes sítios. O velho Egas Moniz de Riba de Douro veio a ela com cem lanças. São já perto de mil homens de armas os que D. Afonso capitaneia. Segundo se diz, ele pretende dar-vos batalha, e conta com alguns dos senhores da corte, que espera tomem sua voz: o mui reverendo Martim Eicha, a quem incumbistes juntamente comigo de introduzir aforradamente o mensageiro ao postigo[178] de ábrego, foi dar conta destas novas à mui excelente rainha, enquanto eu vos buscava.

— Que esse louco mancebo venha, e achará meus pendões tendidos no campo. Aí receberá o preço de sua ousadia insensata. Mas engana-se contando com os falsos que o cercam. Conheço-os, e aos leais! Eu decepare o colo da serpen-

---
175. Vaia; gritos, vozeria, brados de troça
176. Que está suspenso. Sustentado ou construído sobre colunas
177. Construção tosca, de ripas ou estacas, geralmente recoberta de planta trepadeira, situada num parque ou jardim; o mesmo que caramanchel e camaranchão
178. Pequena porta que se abre em outra maior

te... Gonçalo Mendes! Gonçalo Mendes! em hora aziaga[179] vieste à corte, em hora aziaga te demoraste! Garcia Bermudes, a infanta de Portugal, a filha dos reis de Leão, acaba de escolher-te para seu alferes[180]: a ti pertence o governo de todos os seus homens de armas. Ao acabar do banquete devem estar levantadas as pontes das barbaçãs, estas guarnecidas de vigias, e em cada lanço uma ronda e uma sobre-ronda. A ninguém é permitido sair do recinto do burgo; nem a mim próprio. Alferes-mor de Portugal, são estes os mandados da rainha D. Theresa: vós fareis que sejam cumpridos à risca!

Ao proferir essas palavras, todas as paixões cruéis, tençoeiras, furiosas, que ferviam comprimidas no coração do conde, se lhe pintavam no demudado[181] das faces, no trêmulo dos lábios brancos, nas rugas profundas da fronte carregada. Depois de um momento de silêncio, saindo arrebatadamente do caramanchão, prosseguiu:

– Se tendes mais que dizer, dizei-o. No momento do perigo nunca hesitei. Tereis uma resolução pronta.

– Só que obedecerei pontualmente ao que ordena minha senhora e rainha – respondeu o novo alferes.

Neste momento um vulto apareceu no limiar da porta entreaberta por onde os dois haviam entrado. Era o bufão, que olhava fito para o sol que se punha, fazendo-lhe visagens[182] e cantarolando sem reparar nos cavaleiros:

> Tu vais-te; mas voltas.
> E eles ir-se-ão,
> E não voltarão.
> Froylas ou Froylão;
> Fernando de Trava,
> E o seu valentão,
> Dom Bulrão,
> De Aragão,
> Que de Dulce,
> Bela Dulce,
> Quer a mão...
> Diabo!...

Engolfado na sua trova, Dom Bibas, a quem algum gênio avesso impelira a escoar-se pelo corredor escuro e a entrar no jardim, voltara de repente a cara e dera ao pé de si com os dois cavaleiros que o escutavam.

– Que dizias tu de Dulce, bufão? – perguntou o conde com gesto severo e lançando de relance os olhos para Garcia Bermudes.

O bobo leu no aspecto de Fernando Peres que se achava num daqueles transes arriscados, em que as suas injúrias em vez de aplausos só lhe acarretavam maus-tratos. Todavia o dito estava dito. Pôs-se a mirar os balegões dos cavaleiros:

---

179. De mau agouro, infausto
180. Antigo posto militar, equivalente ao atual de segundo-tenente
181. Transformado
182. Trejeito fisionômico

eram de pele de gamo e de sola delgada, revirados na ponta em compridos bicos, segundo a moda do tempo. Fez rapidamente o seguinte dilema: ou a extrema ousadia me salva, ou o que já disse me perde. Em todo o caso, preso por mil, preso por mil e quinhentos. Avante! E fazendo uma profunda cortesia, respondeu:
— Dizia esta humilde criatura que vós, mui nobre D. Garcia, sois parvo em perseguir com vossos ridículos amores a minha boa Dulce; e que vós, senhor conde da Galícia, nos faríeis especial mercê em irdes visitar as corujas do vosso castelo de Faro...
— Dom Bibas! – interrompeu o conde.

O bobo continuou:
— Deixando, com os vossos galegos brutais e com os vossos aragoneses estúpidos, os nobres paços de Guimarães àquele que os herdou de seu pai, o tio D. Henrique, antigo trão de minha corte...
— Dom Bibas! – atalhou de novo o conde, cuja cólera tinha chegado ao seu auge, sorrindo ferozmente – os que te enviaram para me dizeres o que eles guardam nos corações covardes esqueceram de vestir-te um saio de malha bem estofado!...

Neste momento abriu-se uma das portas dos aposentos da bela infanta, e o capelão Martim Eicha, acompanhado de dois donzéis[183] de D. Theresa, dirigiu-se para o conde:
— Senhor de Trava – disse o reverendo cônego –, a rainha quer imediatamente falar-vos.
— Eu ia pedir isso mesmo – respondeu o conde. – Mas antes de partir quero mostrar a traidores, na punição de seu mensageiro, que também saberei puni-los. Donzéis, arrastai este miserável daqui, e entregai-o ao vilico[184] do castelo, que o mande açoitar pelo mais robusto dos meus cavalariços, até que o sangue lhe brote das costas, como da língua vilíssima[185] lhe brotam insolências alheias.

O pobre Dom Bibas tinha errado completamente o dilema, por não meter nele os tagantes ou tiras de couro cru com que se castigavam os homens de criação, e que ele nunca provara. Posto que já com voz trêmula, tentou ainda uma bufoneria, e atirando ao chão aquele seu vulto de pipa pôs-se a gritar:
— Não, que eu não vou.
— Donzéis, obedecei! – bradou o conde, encaminhando-se para os aposentos da infanta.

Dom Bibas desenganou-se então de que o caso era sério. Dando largas ao temor, arrastou-se após Fernando Peres, exclamando com todos os sinais de viva aflição:
— Piedade, senhor conde! Prometo...
O conde desaparecera.
— Levai-o, donzéis! – disse de novo o alferes-mor.
— Também vós, Garcia Bermudes? Não! Não! Vós salvar-me-eis destes...
Garcia saíra pela porta fatal do corredor escuro, que fora a perdição do bobo. Só ficara ali o cônego de Lamego, que parecia observar como os donzéis executavam as ordens do conde.

---

183. Espécie de pajem
184. Beliscar
185. Desprezível

Estes, de feito, tinham posto mãos violentas no roliço vulto do respeitável Dom Bibas e, travando-lhe cada qual do seu braço, se assemelhavam a dois mastins pouco dispostos a largar a preá. O bufão com voz truncada de soluços acorreu-se então à tênue e última esperança que lhe restava.

– Assassinos malditos, deixai-me! – gritou ele dando um empuxão aos dois mancebos que levou após si. E, agarrando-se à garnacha de Martim Eicha com toda a ânsia do susto e da desesperação, começou uma ladainha de súplicas:

– Boníssimo e reverendíssimo senhor capelão-mor, que vossa virtuosa reverência valha a um miserável jogral, que a terra de ante vossos pés beija! É dos caridosos e de grande coração perdoar aos que os ofenderam. Eu tenho pecado contra vós. *Peccavi*[186]! Estou contrito. *Contritus sum*[187]! Pedi por mim, santíssimo e venerabilíssimo padre. Ninguém me incitou para dizer o que disse. Foi o diabo que me tentou. *Abrenúncio*[188]!... Podeis asseverá-lo a meu ilustre senhor, o nobre conde de Trava!...

– Filho – respondeu Martim Eicha, fazendo um ademã[189] entre hipócrita e de escárnio –, o castigo é muitas vezes caminho para o arrependimento. Resigna-te, meu filho. Se nisso não houvera vanglória, dir-te-ia que no sofrimento de injúrias podias aprender de mim a ser resignado.

Proferindo essas palavras, Martim Eicha alcançara soltar o vestido da mão do bobo, e com um sorriso de vingança satisfeita seguira os vestígios do conde.

Dom Bibas perdeu a derradeira esperança.

Então o excesso de terror e da desesperação produziu naquele espírito, em que por anos se desenvolvera e alimentara constante irritação, uma destas revoluções morais em que, no meio de tormentosa crise, o homem se transmuda em outro homem. Ergueu-se e com gesto desvairado bradou:

– Está bom! Ninguém se compadece de mim! Serei açoutado como um vil servo judeu! O bobo receberá essa afrontosa pena; mas ele se converterá num demônio...

Neste ponto Martim Eicha, que cruzava o limiar da porta, voltou os olhos e fitando-os no bufão deu uma risada. Dom Bibas prosseguiu, cerrando os punhos e mordendo-os:

– Ris, vil renegado?! Ris, alcouiteiro paceiro?! Um dia virá em que chores!... Vamos, escravos! À risca as ordens do conde covarde!

Dizendo isto o bobo, com passo firme e no meio dos dois donzéis que nunca o haviam largado, atravessou o corredor escuro. Daí a pouco, em um pátio interior, ouviam-se-lhe os gritos dolorosos por entre o som dos açoites[190] e apupos e gargalhadas de pajens, serventes e cavalariços.

---

186. Pecado
187. Soma contrária
188. Fórmula de esconjuro usada para afastar o demônio
189. Gesto ou movimento feito com as mãos e com os braços
190. Golpes aplicado com açoite

VII

O Homem do zorame

$\mathcal{O}$s três personagens que o conde de Trava vira encaminharem-se para a corredoira[191] contígua aos muros do castelo, e cujos passos e conversação mandara observar pelo pajem, iam demasiado preocupados para haverem de reparar nos jogos e brincos de Tructezindo e dos seus companheiros; e tanto mais que na viela perpassavam também às vezes os ovençais, uchões[192] e sergentes[193] ocupados nos preparativos do banquete, tornando assim menos notável a pessoa do pajem, cujas feições, até, já não seria fácil divisar na estreita passagem, a certa distância e à luz duvidosa do longo crepúsculo, que no verão vem após o sol-posto, e que era a hora a que esta cena se passava.

Essa claridade do fim da tarde seria contudo ainda bastante forte para o Lidador e Fr. Hilarião conhecerem o mensageiro que os buscava, se não fora o grande capuz do zorame, onde tinha como sumido o rosto, do qual apenas eram bem visíveis dois olhos brilhantes e uma espessa barba loira. Quase ao mesmo tempo os dois haviam chegado ao pé do desconhecido, e lhe tinham perguntado de onde vinha e quem o mandava. A resposta do peão foi tirar um pequeno rolo de pergaminho, atado com fio negro, de uma bolsa de couro que trazia pendente do cinto, e pô-lo nas mãos de Gonçalo Mendes.

O Lidador recebeu a carta e perguntou de novo:

– Mas quem te mandou, peão?

– Um cavaleiro português – respondeu o desconhecido – que encontrei mui malferido na albergaria dos hospitalários em Gaza. O triste e cativo quase que se morria.

Essas palavras excitaram ao mesmo tempo curiosidade e receios no espírito de Gonçalo Mendes; e quebrando rapidamente o fio negro entregou a carta a Fr. Hilarião, dizendo-lhe:

– Como a vós vem também a mensagem, lereis esses riscos pretos que aí estão. Por minha boa espada! Coisa é que nunca entendi.

Não era raridade: quase toda a fidalguia de então se podia gabar de outro tanto.

Fr. Hilarião desenrolou o pequeno pergaminho e começou a ler. Entretanto, o Lidador fitou os olhos no peão, cuja voz lhe pareceu ter já muitas vezes ouvido.

– Pobre mancebo! – exclamou o abade, trêmulo e empalidecendo.

– Quem? – interrompeu Gonçalo Mendes, voltando-se para ele sobressaltado.

---

191. Rua desviada numa povoação para passagem de gado
192. Despenseiros, caixeiros
193. O mesmo que sargente; pessoa que ajuda a outra; criado; serviçal; oficial de justiça

– Um cavaleiro – replicou Fr. Hilarião – que amei como filho; e que o desejo de oferecer à dama que requestava um nome glorioso levou à Palestina. Só talvez eu soube a causa da sua partida, de que muitas vezes tentei dissuadi--lo; porque previa o que sucedeu. Oh! que enquanto o pobre trovador assim morria por Dulce, ela folgava em seus novos amores com Garcia Bermudes. Mulheres, mulheres!

– Egas Moniz é, pois, morto? – interrompeu tristemente o Lidador, que das palavras do abade conhecera de quem era a carta. – Mensageiro, que dizes tu? Sabes certo que é finado?

Um gemido involuntário do peão, que recuara ouvindo as palavras do abade fora a causa desta pergunta.

– Digo-vos, senhor – tornou o peão com voz afogada –, que ora é ele morto.

Mas o cavaleiro não reparou na sua perturbação: o monge começava a ler alto o pergaminho que tinha nas mãos. A mágoa do Lidador era profunda; porque a sua afeição por Egas fora constante e sincera. Pôs-se a escutá-lo, e, bem como ao velho Fr. Hilarião, as lágrimas lhe rolaram pelas faces.

– Escrevo-te, Gonçalo Mendes – lia o abade –, nas vésperas talvez de morrer. Deus porventura não quer que meus olhos tornem a ver o lugar onde nasci. Novas são aqui vindas de que Fernando Peres de Trava tem reduzido à condição de vassalo o nobre filho de meu senhor, o conde Henrique. Criei-me com o infante: sei que ele não o sofrerá largo tempo, nem os ricos-homens de Portugal sofrerão também. A minha espada pertence àquele de quem a recebi em Zamora: resolvi-me por isso a atravessar os mares. Um recontro com os infiéis me cortou, porém, os passos. Tu, Lidador, acorrerás ao infante melhor que o seu Egas, que o seu irmão de armas. Cem lanças, entre acostados e homens de tuas honras, podes pôr em seu campo: eu a custo lhe levaria cinquenta. E, além disso, não vale a tua espada dez vezes mais que a minha? Se a guerra for começada, sei certo que já estarás com D. Afonso. Um pobre romeiro português me jurou sobre a cruz dar-te esta carta onde quer que te encontrasse. Faze-lhe mercê por minha alma.

Durante a leitura do pergaminho, umedecido pelas lágrimas do velho, o desconhecido havia procurado conter as paixões que lhe agitavam o espírito. Gonçalo Mendes ficara em silêncio, apertando com a mão a fronte. O homem do zorame dirigiu-se então ao abade:

– Quanto a vós, venerável monge, o nobre cavaleiro me ordenou vos buscasse em vosso mosteiro; que vos pedisse um trintário cerrado de vossos frades, e que vos lembrásseis dele em vossas orações. Agora que mandais de mim?

– Vais partir? – perguntou o Lidador, com um tom em que parecia revelar-se a desconfiança.

– Já – tornou o romeiro. – É noite; e não sei ainda se é longe se perto o termo da minha jornada.

E de feito havia anoitecido: os paços começavam a iluminar-se, e os candelabros e tochas vertiam através das frestas e balcões dos aposentos reais uma luz brilhante, cujos raios batiam de chapa no vulto rebuçado[194] do mensageiro. O ca-

---

194. Envolto na capa ou capote

valeiro e o monge olhavam fitos para ele. Depois, Gonçalo Mendes disse algumas palavras ao ouvido de Fr. Hilarião, e prosseguiu o seu interrogatório.

– Para onde, pois, te diriges? – disse ele ao desconhecido, hesitando, e como quem já a custo continha na alma bem diversos pensamentos.

– Para onde Egas Moniz – respondeu com veemência o homem do zorame – cria que eu vos encontrasse, meu senhor cavaleiro, para o campo de D. Afonso. Peão como sou, irei pelejar por ele, que é meu senhor natural. Que os ricos-homens folguem entretanto nos paços onde estranhos governam, onde D. Theresa se esquece de que o infante é filho de D. Henrique.

Então Gonçalo Mendes, fazendo recuar o capuz que cobria a cabeça do suposto mensageiro, olhou para ele alguns instantes. À luz noturna que o alumiava reconheceu-o então. As suas vivas suspeitas se haviam realizado.

– Egas! Egas! – exclamou apertando-o ao peito. – Pensavas que o som da tua voz podia nunca esquecer-me? Como ousaste assim entrar em Guimarães; tu, sobrinho do senhor de Cresconhe; tu, um dos da linhagem de Riba de Douro? – ... Para que esta carta cruel que veio arrancar lágrimas ao bom Fr. Hilarião, que te ama como um filho? Cria-se ainda na Síria.

– De lá cheguei há poucos dias – respondeu o mancebo, lançando um dos braços à roda do pescoço do velho monge que tentava também abraçá-lo chorando, mas de contentamento. – Às primeiras novas de que o infante e os infanções de Portugal tentavam sacudir o jugo do conde de Trava, dirigi-me ao arraial de D. Afonso, que se encaminhava para aqui. Lá o teu nome era afrontado com o título de desleal pelos teus inimigos. Estavas em Guimarães: as aparências condenavam-te, e o meu coração padecia. Vim pois dizer-te: Lidador, é tempo de combater! Queria, porém, saber primeiro se as minhas palavras tinham na tua alma a mesma força que antes; queria saber se a tua amizade havia expirado como o amor de Dulce, que eu já sabia se esquecera de mim: foi para isso esta carta. Sei agora ao certo que ainda te posso dar o suave nome de amigo: sei enfim que a amizade dura mais que o amor. Vós – acrescentou ele voltando-se para o monge – perdoais-me por certo a mágoa que vos causei!

– Oh meu filho, meu filho! – replicou Fr. Hilarião. – Para que vieste expor-te à vingança de Fernando Peres, que mortalmente odeia a linhagem de Riba de Douro? Podias tu duvidar da lealdade do mais generoso e valente dos ricos-homens de Portugal?

– Não, mas era necessário que pudesse dizer aos que de desleal o acusam: vós mentis, e sobre isso porei meu corpo; e mentis porque de sua boca ouvi eu que na hora do combate o seu pendão se hasteará junto da signa[195] do infante. Não direi nisso a verdade, meu bom e leal cavaleiro?

– Egas – respondeu o Lidador –, que te importam a ti ou a mim os ditos de alguns sandeus[196]? Quando eles ousarem vir a Guimarães dizer o que ainda hoje Gonçalo Mendes disse na cúria ao conde de Trava, tê-los-ei então por mais esforçados e mais leais do que ele. Até o fim procurei evitar esta guerra atroz de

---
195. Bandeira; estandarte; insígnia; pendão
196. Idiotas

irmãos. Perdi a derradeira esperança. Agora volta ao arraial; e podes afirmar a Afonso Henriques que dentro de dois dias oitenta homens de armas e sessenta besteiros da terra da Maia estarão no seu arraial. Dize-lhe mais, que o traidor Gonçalo Mendes espera com vinte cavaleiros que ele chegue para se unir a seus pendões, não de noite como salteador covarde, mas à luz do meio-dia, em que pese ao conde de Trava.

A indignação do rico-homem rompera como torrente; o monge, porém, confrangia-se, lembrando-se do perigo a que se expusera o imprudente Egas Moniz. Assim, interrompendo-o, disse ao mancebo:

– É necessário que partas já. No meio do ruído e confusão do banquete; entre a multidão de gente que vagueia ainda pelo castelo e pelo burgo, ninguém te conhecerá. Mas qualquer imprudência pode perder-te: qualquer imprudência!... Repara bem, Egas. Estes paços encerram para ti a morte.

Eram o amor e o ciúme do moço trovador que o bom do monge mais receava. Sabia quanto ele amava Dulce; conhecia a violência das suas paixões, e que a do ciúme devia ser terrível naquele coração. Porventura o motivo da sua vinda a Guimarães não fora só o que dizia. Estas ideias, que de golpe tinham ocorrido a Fr. Hilarião, lhe faziam desejar com tanto afinco a partida breve do cavaleiro.

– Não sei por que a minha vida periga dentro destes muros – replicou Egas Moniz. – Há mui poucos dias que cheguei a Portugal; e o conde de Trava não sabe se o meu balsão flutua no arraial do infante...

– Esqueceste depressa na Terra Santa – interrompeu o monge – que, quando há um cadáver de assassinado entre família e família, a vingança, segundo o brutal foro de Espanha, que os santos cânones ainda não puderam destruir, dura de pais a filhos; convoca, sob pena de desonra, todos os parentes do morto e do assassino a lides atrozes[197] e a ódios implacáveis. A linhagem de Riba de Douro segue toda os pendões do infante. O conde folgaria com que a de Trava e Trastamara fosse chamada a defender os dele pela voz imperiosa do que ricos-homens e infanções creem brio e dever. Lembra-te, meu filho, da linhagem a que pertences, de que o conde é homem feroz, e que tu serias uma vítima ilustre para pretexto de perpétua guerra de homizio entre Portugal e Galícia.

O mancebo ficou por algum tempo pensativo e murmurou:

– Cumprir-se-á meu destino! – Depois, voltando-se para o abade disse-lhe:

– Ficai tranquilo, bom Fr. Hilarião, esta mesma noite sairei de Guimarães.

– E breve! – acudiu o Lidador. – O esforço não exclui a prudência. Se todavia alguém tentar embargar-te os passos não te esqueças de que Gonçalo Mendes está aqui, e que tem consigo vinte escudeiros valentes.

Neste instante as trombetas tocavam pelos eirados do paço e pelos adarves do castelo, e ouviam-se romper da banda da sala de armas os sons ásperos e vibrantes das charamelas.

– É o sinal de que começa o banquete – notou o abade, a quem semelhantes sons eram suaves, ainda nas maiores angústias. – É necessário apresentarmo-nos a tempo, para não causarmos suspeitas.

---

197. Cruéis e desumanos

Egas apertou a mão ao Lidador, abraçou o monge e, puxando o capuz do zorame para diante, seguiu ao longo da viela, enquanto os dois retrocediam e se encaminhavam para a escada principal do palácio, com passos lentos e conversando em voz baixa. Antes de chegarem acima, viram passar por eles um pajem galgando os degraus de quatro a quatro e rindo como um perdido.
— Estes rapazes são doidos! – disse o monge para o seu companheiro de modo que o pajem o ouvisse.
Este olhou para trás, fitou os olhos em Fr. Hilarião com gravidade cômica e deu uma gargalhada, continuando a galgar a escadaria.
Era Tructezindo.

VIII

Reconciliação

*A*penas Fr. Hilarião e o Lidador voltaram costas para se dirigir à sala do banquete, na qual se achavam reunidos já quase todos os ricos-homens e infanções vindos à solenidade daquele dia, o cavaleiro cruzado se encaminhou apressadamente ao longo da corredoira onde falara com eles. Aquela passagem estreita ia por todo o circuito do castelo, acompanhando o edifício irregular dos paços e suas acomodações e oficinas. De espaço a espaço alargava-se nuns terreirinhos onde se viam amontoados instrumentos e arremessos de guerra. Para esta espécie de pátio desciam escadas de pedra que davam comunicações aos adarves ou andaimes da grossa muralha exterior e, ao lado de cada um deles, bojavam[198] para dentro as torres maciças e quadrangulares que defendiam as quadrelas do muro. Nesse ponto a senda, geralmente estreita e soturna, se tornava ainda mais apertada, e às vezes mais tenebrosa, porque algumas das torres se ligavam ao palácio por largos passadiços[199] lançados por cima dela.

Egas Moniz passou sucessivamente três dos terreirinhos, até que afinal parou debaixo do escuro arco de pedra, que se abria na extremidade do terceiro. Este, diferente dos outros, em vez de topar nas lisas e altas paredes dos paços, entestava com uma casaria baixa, rota por sete ou oito portais singelos que davam para o terreiro. O teto daquele corpo saliente era um espaçoso terrado que o passadiço ligava com o primeiro andar da torre. Sobre este terrado, quanto a escuridão o permitia, viam-se negrejar os topos dos arbustos e as pontas esguias dos caramanchões de

---

198. Tiravam líquido de recipiente; grande barriga
199. Passagem, corredor de comunicação

verdura, e sentia-se o cheiro balsâmico das flores, que se dilatava na aragem quase imperceptível de uma noite de estio. O cavaleiro achava-se junto ao jardim onde se passara, pouco havia, a cena que tão fatais resultados tivera para o honrado e jovial Dom Bibas.

Tudo por aquele lado do palácio parecia tranquilo, e o reflexo da luz escassa que alumiava os aposentos contíguos ao piso do jardim, rompendo a custo as vivas cores das vidraças, vinha morrer nas trevas a pouca distância delas. O cavaleiro ao atravessar o terreirinho parara um momento e cravara os olhos naquela tênue claridade. Um suspiro malcontido lhe sussurrou nos lábios. Depois, como arrastado por um pensamento irresistível, continuou a caminhar rápido para o escuro vão junto da torre, e envolto no zorame coseu-se com a parede, como quem receava ser ali visto.

Não tardou que do lado da corredoira, oposto àquele por onde o cavaleiro viera, se aproximasse um vulto trazendo um cavalo de rédea. Este vulto vinha também coberto de uma espécie de zorame, porém alvacento como albornoz[200] mourisco. Deu um silvo agudo, a cujo soído Egas pareceu reconhecê-lo, porque, saindo-lhe ao encontro, perguntou em voz baixa e em árabe:

– És tu, Abul-Hassan?

– É o vosso servo – respondeu o vulto na mesma língua, parando e sofreando o cavalo.

– Falaste com teu irmão? A que horas se erguem as pontes das barbacãs? – perguntou de novo o cavaleiro.

– Apenas acabar o banquete – tornou o mouro. – Os vigias receberam ordem para não deixar sair ninguém do burgo passado esse momento.

– O meu saio de malha – prosseguiu Egas –, a cervilheira e a espada?

Sem dizer palavra Abul-Hassan tirou as três peças de sob o albornoz. O cavaleiro vestiu à pressa o saio, pôs na cabeça a cervilheira, afivelou sobre os ombros aquela espécie de camisa de ferro que vestira, cingiu sobre esta a espada e, atirando o zorame para cima do cavalo, disse ao mouro:

– Deixa-te aí ficar. Se vier alguém que te não conheça e pergunte o que és e o que fazes neste sítio, responde que és um cavalariço do senhor de Trava, que te ordenou esperasses aqui com um corredor folgado. Depois de assim responderes, ninguém ousará perguntar-te mais nada.

Proferidas estas palavras, Egas desapareceu numa escada de caracol aberta no fundo da torre, e que dizia para o primeiro pavimento dela. Chegado ao alto tirou do seio uma chave e abriu uma porta, não a que dava para a quadra principal da torre, mas outra lateral e pequena. Cruzou o passadiço, e num momento achou-se no jardim pênsil.

Naquele lugar e hora, as paixões tumultuosas que lhe agitavam o espírito o obrigaram a refletir alguns momentos e a procurar restabelecer no coração a possível tranquilidade.

Que pretendia? A que vinha ali como um salteador noturno? Ele mesmo não o sabia ao certo. Era apenas uma vaga esperança de ainda ver Dulce, de lhe expro-

---

200. Sobretudo com capuz

bar[201] a sua leviandade, de lhe dizer tudo quanto o ciúme e a desesperação lhe ensinassem. Desde que a fama dos amores da donzela com Garcia Bermudes chegara aos seus ouvidos, não houvera para ele repousar um instante. Buscando qualquer pretexto plausível para se dirigir a Guimarães, logo que chegara ao arraial do infante se oferecera para indagar da própria boca de Gonçalo Mendes qual seria a sua resolução final na luta que se ia travar. Vestindo os trajes de vilão – o arbim e o zorame de burel –, entrara no burgo ao romper da alva, e dirigindo-se à mouraria perguntara por Abul-Hassan. Entre os mouros que, ao tirar a grossa cadeia de ferro lançada de noite à entrada do seu bairro, saíam de golpe para os trabalhos rurais, divisou brevemente aquele que buscava. Deu-se-lhe a conhecer e, antes que a alegria que o mouro mostrou ao vê-lo se revelasse por sinais que gerassem desconfianças, pediu-lhe o guiasse à sua pousada. Aí entregando-lhe uma bolsa de couro com alguns almorabitinos[202] disse-lhe:

– Far-me-ás tu, Abul-Hassan, ainda uma vez o serviço que tantas te devi antes de partir para o ultramar?

– Posto que o ódio contra os meus irmãos – respondeu sorrindo o árabe – vos levasse tão longe para lhe derramar o sangue, como se vos não bastasse o dos muslins da Espanha, nem por isso vos perdi a afeição, porque sei por experiência que ao menos não seríeis cruel para com os vencidos, como são quase todos os guerreiros cristãos. O serviço de que falais, sem que mo dissésseis já eu o adivinhei. A chave da porta secreta da torre do miradouro ainda está em meu poder, porque ainda me não tiraram o cargo do jardim da rainha. À hora da quinta oração podereis vir buscá-la aqui.

– Não é isso só – interrompeu o cavaleiro. – É necessário que ainda hoje vás ao sobral que se estende junto ao vau[203] do Avicela. Aí estará um escudeiro com o meu cavalo de batalha e as minhas armas: mostrando-lhe este anel ele te entregará tudo. Conduze-me aqui o ginete e as armas ao cair do dia. Depois esperar-me-ás junto ao passadiço da torre para o jardim. O anel, esse guardá-lo-ás para ti.

Abul-Hassan ia propor algumas dificuldades: as últimas palavras de Egas Moniz as haviam aplanado. O anel era assaz rico.

– Na confusão que hoje vai em palácio, ninguém reparará na minha falta. Assim poderei obedecer-vos.

– Ainda mais – prosseguiu o cavaleiro. – Quando atravessei a barbacã vi sinais de que as pontes levadiças se costumam erguer de noite. Preciso de saber até quando se poderá sair do burgo e por onde. Tu o indagarás com certeza. Se desempenhares bem tudo o que te ordeno, recolherás depois mais larga recompensa.

No rosto do mouro ria o contentamento.

– Meu irmão, o tornadiço, ainda é um dos mestres dos trons[204] e engenhos. Estão a seu cargo os que de novo se assentaram no cubelo do topo da couraça. Ele deve sabê-lo; e há de por certo dizer-mo.

---

201. Censurar, criticar
202. Moeda moirisca
203. Ponto onde, numa corrente de água, se pode passar a pé ou a cavalo
204. Espécie de catapulta, para arremessar pedras

– Bem! – tornou Egas. – Agora vai executar o que te mandei, e entretanto eu ficarei aqui. Mas volta ao sol-posto, porque me será necessário a essas horas deixar a tua guarida.

Daí a pouco o mouro atravessava a barbacã por meio da comitiva de ricos-homens, que começavam a entrar no burgo para assistir à convocação solene da cúria. Havia largos anos que Abul-Hassan estava incumbido do jardim pênsil. Naquele século, os diferentes misteres, para os quais se requeria ou ciência ou indústria, eram quase exclusivamente exercitados por mouros e judeus. Na agricultura, porém, a raça árabe era a única entre a qual se encontravam homens profundamente versados em todos os ramos dela. Abul-Hassan, cativo em uma arrancada, obtivera pela sua ciência agronômica não só um tratamento menos duro do que era usual entre os cristãos para com os servos, mas até por fim a liberdade, e com a liberdade um cargo que se casava com a sua educação e hábitos – o de jardineiro do horto pênsil. O toque principal do caráter de Abul-Hassan era a avareza: à força de ouro Egas alcançara dele muitas vezes, antes de partir para a Terra Santa, o ter entrada naquele lugar vedado, onde podia ver Dulce, quando ou as noites festivas, ou os cuidados do governo retinham D. Theresa longe de sua filha adotiva. A experiência que tinha do poder do ouro na alma de Abul-Hassan fez com que entrando em Guimarães o buscasse, para com o socorro dele levar ao cabo o principal intento que ali o trouxera.

Tais haviam sido os meios de que usara o cavaleiro para se aproximar de Dulce. Por este modo era que ele se achava ali.

A recordação dessa época em que naquele mesmo sítio passara horas deliciosas aos pés da sua amante, que então inocente e pura era para ele como o anjo de Deus, que inspirava ao cavaleiro esforço e generosidade, e ao trovador os seus mais poéticos e harmônicos cantares; essa recordação, dizemos, devorava agora como um pensamento infernal o coração do pobre mancebo. Os riscos que naquele tempo dourado correra para ouvir promessas e juramentos de amor, palavras de esperança e de felicidade, ia-os correr de novo para receber talvez o último desengano. Que lhe importava? Sem ao menos ver uma vez Dulce é que ele não podia morrer. Morrer – que, traído, lhe seria a consolação derradeira!

Egas se havia dirigido ao mesmo lugar onde poucas horas antes o conde de Trava ouvira da boca de Garcia Bermudes as desagradáveis novas da aproximação do infante. O reflexo do tanque em que as estrelas se espelhavam guiara o cavaleiro para aquele sítio. Pelas ruas tortuosas que giravam por meio dos arbustos, e por entre os canteiros das flores, Egas chegara junto ao poial[205] escondido no caramanchão fechado. Em vez de se acalmar a agitação que lhe despedaçava o coração, este bateu com mais violência ao entrar ali. Tudo estava como antes, o céu, a noite, o jardim: só um amor de mulher mudara: mas esse amor fora para ele o universo, e o que via em redor de si não era mais que uma imagem mentirosa da realidade, lançada sobre o túmulo do passado, sobre as ruínas da sua íntima existência. Nas recordações de outrora havia para ele indizível saudade, mas saudade árida e atroz, sem consolação nem lágrimas.

---

205. Banco fixo de madeira, de pedra etc., junto a um muro, ou às paredes externas de uma casa

Assentado no poial, com a fronte entre os punhos, o pobre trovador, engolfado em pensamentos tenebrosos, parecia esquecido dos próprios intentos, do tempo que fugia, e dos riscos que o cercavam, quando, no meio do silêncio profundo que reinava no jardim, um tênue ruído veio despertá-lo da imobilidade externa em que o lançara o intenso viver da sua alma. Este ruído o fez erguer a cabeça e lançar os olhos para o lado de onde partia aquele som duvidoso: defronte dele, e bem perto, uma porta rodava lentamente sobre os gonzos[206]; era a do corredor que dava para a sala de armas. Egas pôs-se de pé, apalpou o punho da espada. Lembrava-se perfeitamente de uma noite – fazia nesta três anos – em que assim a vira abrir, e passar um cavaleiro, cujo vulto semelhava o do conde de Trava. Esta noite lhe ficara gravada indelevelmente[207] na memória, porque fora aquela em que vira Dulce pela última vez, partindo para o Oriente. A dois passos dele se aproximara o vulto, encaminhando-se lento para os aposentos reais. Egas recordava-se bem desse instante de receio e delícias, em que na mão de Dulce unida aos seus lábios sentira palpitar o amor e o susto; em que ele vira cruzar-lhe o delírio celeste da felicidade à imagem de um assassínio. Agora esta imagem, então negra e maldita, como que lhe sorria, porque não se misturava com ideias de ventura, mas com as agonias da desesperação. Daquela vez um suor frio lhe manara da fronte ao arrancar o punhal do cinto: desta o seu espírito quase folgava ao imaginar que *alguém* se encaminhava para ali da sala de armas, e que ele tinha uma espada. Talvez Dulce aqui mesmo jurara a outro o amor que lhe mentira a ele! Talvez o seu rival a buscava!... Refugiu deste pensamento; porque era um pensamento que parecia esmagar-lhe o coração.

Enquanto tudo isto indistinto, travado, doloroso, fugia pela sua alma com mais rapidez do que nós o exprimimos, a porta em que o cavaleiro tinha os olhos fitos, através da ramagem do caramanchão, acabou de rodar nos gonzos, e um vulto saiu para o jardim. A figura e o traje eram de mulher. O seu andar vagaroso e incerto, o arquejar comprimido, o volver contínuo do rosto, como quem observava se era seguida, davam claros sinais da viva inquietação que a agitava. Trazia vestido singelamente um epitógio[208] escuro, e os cabelos envoltos em rede tenuíssima de ouro. À escassa claridade, que derramava longínquo fulgir das estrelas, aquele vulto de mulher semelhava-se a um anjo perdido nas trevas do mundo e da noite, tanto as suas formas eram suaves e ao mesmo tempo severas, os seus meneios nobres e modestos. O cavaleiro olhou mais atentamente... Era Dulce! Um grito de amor, de cólera, de prazer, de indignação, conglobados[209] em gemido infernal, esteve a ponto de lhe fugir por entre os dentes cerrados: mas uma vontade de ferro conteve aquele primeiro impulso. Dulce havia parado.

E parara bem perto dele! Egas aspirava o perfume de seus cabelos, cria ouvir-lhe o cicio do respirar, o ranger das roupas negras, e nos olhos o brilho de uma lágrima. Escutou. A donzela alçou[210] a fronte para o céu e murmurou:

---
206. Peça ou artefato feito em metal e sobre o qual o batente (porta ou janela) pode ser girado ou movimentado
207. De maneira indelével; que não se pode extinguir ou destruir
208. Capa usada sobre a toga
209. Acumulados
210. Ergueu

– Desventurado! Desventurado!

O trovador descobriu nestas palavras a angústia do remorso: era por certo o remorso quem arrancara esta expressão de piedade àquela que o traíra. Quem havia aí, senão ele, que fosse desventurado?

– Toda a afeição de uma irmã eu guardarei para ti – prosseguiu Dulce. – Hei de cumprir essa promessa que fiz perante o senhor que me ouve! Mas o meu amor é *já* de outrem: como o repartirei contigo?

A donzela parecia delirar: tinha os braços estendidos e as mãos unidas, como implorando a piedade de algum ente só para ela visível.

Nesta postura, à luz duvidosa da note, em silêncio profundo, e no meio da atmosfera recendente e tépida agitada por leve aragem de estio, a fascinação do amor era irresistível.

Aquela espécie de delírio em que Dulce caíra trocou-se repentinamente em impensada realidade. Um leve rugir de folhas secas a despertou do seu devaneio. No mesmo momento um cavaleiro coberto de saio e cervilheira de malha estava a seus pés, e segurando-lhe trêmulo uma das mãos lha cobria de beijos ardentes.

Todo o ciúme, toda a procela acumulada por dias de intenso martírio no coração de Egas, desaparecera.

– Meu Deus! – quis bradar Dulce, aterrada. Os lábios não puderam todavia repeti-lo.

Mas instintivamente recuara.

O encanto que havia subjugado por um instante o mancebo quebrou-se então: a sua alma reconquistou o esforço da desesperação, que tão de súbito o abandonara.

Ergueu-se e recuou também; mas em pé, e cruzando os braços, olhou para a pupila de D. Theresa como o juiz para um réu.

– Faz agora três anos e um dia – disse ele com voz lenta e na aparência tranquila – que neste mesmo lugar te jurei estar hoje aqui a teus pés! Meus juramentos cumpriram-se. Dulce, lembras-te dos teus?

– Meu Deus! Egas! tu aqui? Oh! que mal te fiz eu, para me matares com o inesperado da tua vinda? – murmurou Dulce desfalecendo, e vindo cair nos braços do trovador.

Mas estes braços não se uniram para a estreitar contra o peito! O cavaleiro afastou-a de si brandamente, e prosseguiu:

– Não é minha a culpa se um raio caído do céu vem partir a cadeia dos teus dias risonhos tecida pela traição. Meus juramentos cumpriram-se. Dulce, que fizeste dos teus?

O caráter de Dulce era um misto inexplicável de candura e de energia, em que a fraqueza própria do seu sexo era muitas vezes subjugada pelo sangue nobre e generoso que lhe girava nas veias – o sangue dos Bravais. A alegria súbita de ver Egas poderia ser-lhe fatal, se as palavras gélidas que ele lhe dirigia não houvessem temperado o delírio do primeiro instante. Nessas palavras conheceu a donzela que o ciúme era quem as ditava. O sentimento de injustiça com que o cavaleiro repelia a sua ternura a fez recobrar a consciência da situação em que se achava. Durante alguns momentos um silêncio profundo reinou entre os dois amantes, que olhavam fitos um para o outro. Dulce, por fim, tirando do seio um pequeno punhal, deu dois passos para diante, e arrojando para longe a bainha tomou-o pelo ferro, e oferecendo-o a Egas disse-lhe com voz a princípio firme, mas que brevemente as lágrimas cortaram:

– Quando há três anos, Egas, o nobre trovador, partiu para o ultramar, a sua amante na hora cruel da despedida pediu-lhe uma lembrança, que bem dizia com os seus tristes pressentimentos. Esta memória foi o punhal toledano que ele trazia consigo. Dulce era uma pobre órfã: podiam constrangê-la a ser infiel; e então cumpria-lhe morrer: foi para morrer que ela o pediu... Egas! – prosseguiu a donzela – os meus juramentos guardei-os até hoje: juro-o por Deus que nos ouve! Mas se me crês culpada, ou que eu possa vir a sê-lo, vinga-te da traição, ou embarga-me o trair-te.

E estendia o punhal para o cavaleiro.

– Sabes que eu não poderia assassinar-te! – replicou Egas. – Nem para te assassinar vim aqui. O meu intento era outro... Qual?... Nem eu mesmo o sei... Trouxe-me mau grado meu a loucura da desesperação. Oh, sim!... Agora me recordo... vinha para te dizer: Dulce, fizeste bem em trocar o foragido, o homem que só possui a pouca terra que lhe deixaram seus pais, que não ganhou ainda nos enredos cortesãos um único préstamo, pelo cavaleiro estranho que pode e vale tudo com o senhor destes prostituídos... vinha dizer-te que cumpri a promessa de estar outra vez a teus pés dentro de três anos. Estive a teus pés!... Agora nunca mais perturbarei a tua dita. Escusas de perjurar[211] ao céu para negar o perjúrio...

Dulce deixou cair o punhal, e estendendo para o cavaleiro as mãos confrangidas e trêmulas de aflição interrompeu:

– A minha dita cifrava-se em tornar a ver-te; em ouvir de tua boca palavras de ternura: estas converteram-se em injúrias e escárnio. Caluniaram-me, e tu acreditaste a calúnia... Não devias fazê-lo. Perdoo-te; mas escuta-me!

– Escuta-me tu ainda mais algumas palavras – replicou o mancebo. – São as derradeiras que me ouvirás! Tu foste a única imagem que eu via enquanto combati, e padeci, e sofri além-mar: para ti sonhava em sonhos de glória: por ti fiz ressoar as minhas endechas[212] melancólicas debaixo dos cedros do Líbano, e com lágrimas de saudade refrigerei estes lábios queimados pelo sol ardente do deserto. O teu nome invoquei-o em mais de cem recontros, e ao invocá-lo aumentavam-me na alma o esforço e a constância. Tu eras a senhora dos meus pensamentos, a divindade do meu coração. Voltei a Portugal, onde esperava achar a recompensa de tanto amor. Qual foi ela? O meu futuro inteiro caiu-me hoje aos pés desfeito em cinza; porque este futuro estava nas mãos de Dulce, e Dulce, que eu cria anjo, era apenas mulher!

– Mata-me antes com esse ferro que jaz a teus pés – exclamou a donzela com voz débil e travada de choro –, mas não me faças expirar nos tormentos intoleráveis das tuas palavras. Tem piedade de mim, Egas, e ouve-me! que se me ouvires hás

---

211. Abdicar de alguma coisa
212. Composição poética composta de estâncias de quatro versos de cinco sílabas

de arrepender-te, e dizer: "Dulce, tu és inocente!... Os que te acusaram mentiram-me!" Oh! escuta-me por piedade!

E o tom daquelas expressões, e a postura suplicante da formosa órfã abrandariam o instinto de um tigre: o cavaleiro vacilou.

– Houvera eu, desgraçada, de dizer-te essas palavras; houvera de achar no horizonte da minha vida uma beta de luz e esperança! Mas a boca de homem que nunca mentiu me confirmou sem o querer o que a fama confirmava.

E depois de olhar para ela fito alguns momentos, prosseguiu: – Não amas tu um desses aventureiros que oprimem a boa terra de Portugal? Não vais ser em breve esposa...

– Não acabes essa ideia terrível – atalhou Dulce com ânsia, que tocava quase as metas do frenesi[213]. – Esposa?! Só tua ou do túmulo. Nem o mundo, nem Deus teriam força para me constranger a tanto. As aparências enganam, Egas! Saberás a verdade, só a verdade, e sê tu o meu juiz.

O acento com que a donzela proferira estas palavras parecia tanto vir da alma que a persuasão da infidelidade de Dulce, que tudo conspirara para arraigar[214] no ânimo do cavaleiro, começava a trocar-se em hesitação porventura mais dolorosa que a certeza dessa infidelidade em que até aí estivera.

– Crês tu – replicou ele – que o peregrino expirando no meio das ânsias da sede devoradora recusasse a taça de água cristalina? Que o supliciado, no meio dos tratos de algozes, não quisesse ouvir a palavra *basta*! da boca do juiz? Que o condenado rejeitasse o céu pelo inferno?... Oxalá[215] que os últimos oito dias que tenho passado, e que devoraram anos e anos de meu viver, não houvessem sido mais que um pesadelo maldito. Anjo que vi despenhado, pudesse eu adorar-te ainda como anjo de luz! Se neste mundo há para Egas futuro e para ti inocência, salva-me de mim mesmo.

Então Dulce apertando com um movimento convulso a mão do cavaleiro a encostou entre as suas ao peito, como se esperasse que no pulsar do coração ele pudesse conhecer que saía de lá pura e sincera a narração que lhe ia fazer.

Esta narração era a história do amor de Garcia Bermudes, amor a que ela respondera sempre com a dissimulação, como o leitor já sabe. Dulce nem disfarçou a espécie de afeição inocente que consagrava ao aragonês, e que dera origem às suspeitas que tão de leve o ciúme de Egas acreditara, nem os desejos do conde e da infanta de a verem unida àquele nobre e esforçado cavaleiro. Não lhe esqueceram os acontecimentos do último sarau, e a repulsa positiva que se vira finalmente constrangida a dar. Conhecendo o caráter altivo e ao mesmo tempo generoso de Garcia, entendera dever-lhe explicar a causa daquela repulsa, e fiar dele os segredos mais íntimos do seu coração, dando-lhe assim uma prova de estima em lugar de amor.

– Era esta derradeira consolação – concluiu Dulce – que eu acabava de dar àquele desventurado, quando tu vieste cego pelo ciúme despedaçar o coração da tua amante, que te sacrificava o homem que por certo amaria, se para ela houvesse neste mundo amor, pensamento, esperança, que não fosse Egas, que não fosse

213. Excesso em uma paixão
214. Permanecer, fixar raízes
215. Tomara!, Queira Deus!

aquele que vai pedir-me perdão das suas suspeitas que tão tristes me tornaram os instantes que deviam ser os mais deliciosos da minha vida.

As mãos do cavaleiro apertavam já com amor as de Dulce; por isso, enquanto falara, no rosto da donzela as lágrimas se haviam desvanecido pouco a pouco no deslisar de um sorriso.

– Dulce, Dulce! – exclamou o cavaleiro. – Oh! repete-me que só amas o teu Egas! Jura-me que é verdade tudo isso!

– Farei mais – atalhou a donzela num êxtase de alegria. – Arranca-me destes paços se há para isso algum meio. Abandonarei aquela que me criou como filha querida, e seguir-te-ei a ti, que não podes abusar do meu amor, porque és um leal cavaleiro. Seguir-te-ei por toda a parte; no esplendor ou na miséria; na terra da infância ou nas solidões do desterro, na liberdade ou em ferros. Junto ao altar o nosso amor será santificado pela bênção de Deus, e eu serei tua, tua só, tua para sempre!

E Dulce caiu nos braços do guerreiro trovador, que desta vez a estreitou contra o peito, e lhe imprimiu na fronte um beijo ardente e puro como os pensamentos de ambos. Naquele instante os seus corações transbordavam de celeste e inefável ventura: não cabiam neles as grosseiras sensações terrenas.

– Tens razão! – disse o cavaleiro. – De cima me veio a inspiração de buscar-te antes de morrer, porque tu me restituis a vida. Sim, irás comigo. Amanhã ao cair das trevas eu serei aqui. Todos os meios de fuga estarão preparados; no arraial do infante, que não vem longe, acharemos brevemente abrigo, e aí seremos unidos pelo venerável arcebispo de Braga.

– Mas no meio de tantos homens de armas, dos atalaias e vigias que guardam pontes, barbacãs e muralhas, não correrás grande risco?

– Oh! não o receies – interrompeu o cavaleiro – o ouro e, se for preciso, o ferro nos abrirão caminho até o vau do Madroa. Esperar-me-ão no bosque os meus homens de armas. Para transpor a barbacã talvez nos baste vestir as esclavinas de romeiros. Ninguém haverá tão ímpio que nos pergunte: "Peregrinos do Santo Sepulcro, para onde é que vós ides?" O romeiro é livre como a ave do céu: respeitam-no o besteiro e o homem de armas: dá-lhe abrigo o vilão sob o seu colmo[216], o abade no seu mosteiro, o nobre no seu castelo. Quando ouvires cantar lá em baixo junto à torre aquela trova que eu fiz ao despedir-me de ti:

> Vai-se o vulto do meu corpo
> Mas eu não;
> Que a teus pés cá fica morto
> O coração.

– Serei eu que virei arrancar-te destes odiosos paços: e então serás minha, minha para sempre!

– Mas se te descobrirem?... Oh, que é uma ideia terrível...

Neste momento um silvo agudo soou na corredoira contígua ao jardim.

– É Abul-Hassan que me faz sinal – disse o cavaleiro estremecendo. –

---

216. Palha longa da qual se tira o grão e que serve para cobrir as casas, no campo

Devo deixar-te, minha Dulce.
— Já!? — murmurou a donzela.
— Sim — replicou Egas —, para poder sair ainda hoje de Guimarães. Sem isso a tua partida fora amanhã impossível.

Um véu de melancolia cobriu o coração de Dulce. Terror inexplicável se apossara dela, como se houvera de ser aquela a última vez que visse o cavaleiro.
— Parte pois — disse com voz débil —, mas ama-me sempre muito!

Egas então caindo a seus pés, e pegando-lhe na mão com uma alegria que tocava quase as raias da loucura, cobriu-lha de beijos.
— Oh, amar-te!? — dizia ele. — Mil vezes mais que a vida; cem vezes mais que a honra de cavaleiro! Amanhã! Amanhã... e para sempre!

E erguendo-se rapidamente desapareceu no passadiço escuro, que dava saída para a corredoira.

Dulce parecia petrificada olhando para o sítio por onde Egas saíra, como quem tentava ainda descobrir a sua imagem, escutar a sua voz, do meio das trevas da noite e do silêncio profundo que a rodeada.

Não ouvia, porém, mais que o tropear de um cavalo que partia a galope, nem viu mais que a luz reflexa da sala do banquete que, batendo pelo interior das muralhas do castelo, tingia um grande lanço da cerca com a claridade baça e variegada, que jorrava pelas vidraças de mil cores do festivo aposento.

Dulce ajoelhou e, alevantando as mãos juntas para o céu, onde cintilavam miríadas[217] de estrelas que mal podia distinguir através das próprias lágrimas, exclamou com um gesto de íntima agonia:
— Meu Deus, meu Deus! Por que me desfalece[218] a esperança?!

Era o coração que lhe predizia algum sucesso terrível? Quem sabe?

---

217. Grande número indeterminado
218. Expirar, morrer

IX

O desafio

O banquete que pôs termo ao memorável dia do ajuntamento solene dos barões e senhores de Portugal prolongou-se até alta noite. D. Theresa tinha aí aparecido rodeada de todo o esplendor real. Num estrado sobranceiro ao pavimento da sala, e debaixo de dossel[219] formado das telas mais ricas saídas dos teares de Jaén e de Valência, a bela infanta viera presidir ao banquete dos seus ricos-homens. Assentada em uma cadeira, à qual o espaldar primorosamente lavrado de bastiães[220] e arabescos e os braços e supedâneo dourados davam o aspecto de um trono, a rainha de Portugal, da mesa que tinha ante si e em que particularmente era servida, enviava ora a um, ora a outro cavaleiro notável por sua linhagem, influência ou renome, alguma das iguarias mais delicadas, que rapidamente faziam suceder umas às outras os peritos cozinheiros do paço de Guimarães, quase todos mouros ou servos ou libertos. Estas provas de distinção eram sempre acompanhadas de graciosas mensagens, que lisonjeavam o amor-próprio dos nobres senhores. Escusado talvez fora dizer que semelhante distinção a mereciam só aqueles que no conselho, por seu voto ou opiniões, se haviam mostrado firmes na causa da mãe contra o filho. Para aqueles que, como Gonçalo Mendes, se tinham mostrado parciais do infante, apenas lançava a rainha um olhar rápido, em que se misturava a cólera e ao mesmo tempo o desprezo, como se previsse já a hora do triunfo e, por consequência, do castigo. D. Theresa, que desde a partida de seu filho se mostrara triste, abatida e irresoluta, parecia nesta noite reassumir toda a sua energia. No seu rosto, banhado de uma alegria algum tanto forçada, conhecia-se-lhe o desejo de que lhe cressem o ânimo tranquilo ao aproximar da procela. Dir-se-ia, até, que intentava fazer sobressair a sua formosura, que os anos, os cuidados do governo e os trabalhos das longas guerras que sustentara contra D. Urraca, e depois contra o imperador, tinham assaz desbotado, mas que ainda faziam realçar os ricos trajes que naquele dia vestira. Eram estes um epitógio de grisisco orlado de peles mosqueadas, e apertado com um cordão entrançado de prata e seda de várias cores; uma coifa ou rede adornada de pedras preciosas que lhe retinha as longas tranças; um colar de ouro, o qual lhe caía sobre a camisa de ranzal alvíssimo, que em pregas miúdas lhe vinha fechar na garganta; e um amplo manto de ciclatão[221] vermelho, que pendente dos ombros lhe rojava pelo chão. Com este vestuário, e no porte

---

219. Construção e armação saliente, forrada de damasco ou de outro estofo, e franjada, que se coloca como ornato sobre altares, tronos, camas
220. Algo inabalável, forte, resistente
221. Rico estofo de seda usado antigamente

e meneios altivos, a rainha trazia de certo modo à lembrança a nobre e majestosa figura de seu pai, o grande Afonso VI.

A causa desta repentina mudança estava nas novas que haviam chegado poucas horas antes. A audácia do infante, a licença desenfreada com que os seus homens de armas assolavam as vilas e honras do infantático, isto é, do que constituía propriamente o apanágio[222] de D. Theresa, as violências que praticavam contra os vilões e homens de criação desses mesmos testamentos ou herdades, o furor com que derrubavam os seus castros ou lugares fortificados, e sobretudo a intenção com que, segundo afirmavam os espias[223], o moço príncipe se acercava dos muros de Guimarães, e que era nada menos do que lançar em prisão perpétua Fernando Peres e a própria mãe, tinham finalmente sufocado no coração desta a voz do amor materno. Quando o conde de Trava, obedecendo às ordens que lhe transmitira o capelão-mor, se apresentou perante ela, os olhos de D. Theresa faiscavam de cólera e de indignação. Debalde Fernando Peres lhe ponderou os inconvenientes de arriscar a sua fortuna e, o que mais era, a liberdade ou a vida em uma batalha campal: a violência do caráter varonil da rainha que triunfara, ao menos momentaneamente, do mais profundo afeto, o amor maternal, não podia ceder às considerações da prudência. Declarou que a sua resolução inabalável era ir ao encontro dos rebeldes com os cavaleiros, besteiros e peões, pela maior parte estrangeiros, que de contínuo chegavam a Guimarães, atraídos pelos grossos censos ou soldos que lhes oferecia o conde. Os instintos guerreiros de D. Theresa, que os anos e os reveses haviam amortecido, despertavam de novo vigorosos na hora em que era necessário encarar face a face os perigos que até este momento ainda pareciam remotos.

Assim, esta noite passava bem diferente daquela em que no meio de alegre sarau só a bela infanta, mau grado seu, se mostrara triste e aborrecida. Aqui eram os cavaleiros que pareciam inquietos e desconversáveis: os dois bandos bem sabiam que não tardava o dia em que se encontrassem novamente, não na mesa do banquete, mas no campo das lides, onde o escorrer do sangue nos ferros substituiria o escumar do vinho nas taças de prata. Para eles esta festa brilhante correspondia à ceia do algoz e do sentenciado debaixo das abóbadas de um cárcere na véspera do suplício. Qual era o saião? Qual a vítima? Eis o que ninguém sabia.

Mas talvez nenhum gesto dava mostras, não de melancolia mas de inquietação, como o do conde de Trava. De instante a instante ele volvia os olhos para o portal da sala de armas, como se esperasse alguém; e de feito um lugar à sua esquerda ficara vazio na esplêndida mesa ao começar do banquete. Era o do novo alferes-mor. Este, desde que se apartara do conde, ninguém mais o tinha visto.

Muito havia já que era noite, e as taças, que os escanções[224], correndo por detrás das longas fileiras de cavaleiros com os pichéis nas mãos, enchiam de novo apenas eram esgotadas, começavam a fazer o seu ofício: as frontes iam-se pouco a pouco desenrugando e soltando-se as línguas. Nos banquetes daquela idade rude

---

222. Terras ou pensão que os soberanos davam aos filhos homens, exceto o primogênito, e que deveriam retornar à Coroa após a extinção dos descendentes masculinos
223. Pessoas que observam escondido, que espreitam
224. Copeiros que serviam vinho

e feroz às vezes o sangue corria como pospasto, e quase sempre a conclusão do festim era uma orgia infernal em que o convívio se tornava em cena abjeta[225] de embriaguez. Não era raro em semelhantes ocasiões ver os paços dos nobres, e ainda dos reis, convertidos numa coisa hedionda e duvidosa entre a taberna e o prostíbulo, em que os filhos dos bem-nascidos mostravam que a distância moral, que eles supunham separá-los da mais vil gentalha, na realidade não existia. Se, porém, os longos sanguinolentos homizios[226] entre linhagem e linhagem se originavam facilmente das festas mais pacíficas, em meio das taças cheias pela mão de cordial hospitalidade, muito mais de recear era alguma rixa funesta entre homens que guardavam no coração, uns contra os outros, os mais profundos ódios humanos, os ódios dos bandos civis.

Estas considerações que haviam ocorrido ao conde ao perceber a conversação, no princípio lânguida, ir-se tornando viva e veemente; considerações em que não reparara a tempo, atento ao sistema que adotara de esconder os seus receios e o perigo da sua situação com as aparências de tranquilidade, eram agora para ele motivos de sérios temores. A tardança, porém, do alferes-mor o inquietava ainda mais. A rainha não devia dar o sinal de acabar o festim sem que ele soubesse com certeza se tudo estava disposto para impedir a saída de Guimarães àqueles que a tentassem. As masmorras do castelo deviam povoar-se nessa noite de todos os ricos-homens da corte com quem o infante contava; mas a segurança deste golpe, que iria transtornar as esperanças do moço príncipe, dependia inteiramente da execução daquilo que tinha ordenado a Garcia Bermudes.

Este entrou enfim na sala; mas em vez de se dirigir ao lugar que parecia haver-lhe sido guardado, rodeando a multidão de pajens enfileirados em pé atrás de seus senhores, e passando por entre o tropel dos sergentes, escanções, uchões e outros ovençais, que atendiam ao serviço do esplêndido banquete, buscou aproximar-se do conde, mas de modo tal e colocando-se em sítio onde dele fosse visto, sem que os cavaleiros, nos quais as amplas libações do pospasto começavam a produzir ruidosa alegria, o pudessem observar. Dali esperou que Fernão Peres se apercebesse da sua chegada.

Como ele viera, não da sala de armas, porém da galeria contígua que comunicava exteriormente com ambos os aposentos seguindo todos os ângulos e sinuosidades daquela face do edifício, correu algum tempo antes que o conde reparasse no cavaleiro; tanto mais que a sua atenção era distraída pelo que se passava no topo da mesa fronteira a ele.

Era aí que o Lidador se vira obrigado a ir assentar-se quando voltara com Fr. Hilarião de falar ao homem do zorame: os outros lugares estavam já povoados de cavaleiros, e por um acaso bem desagradável ele se achava ao lado de Veremudo Peres, de quem no conselho recebera injúrias que retribuíra com mão larga. Assim durante muito tempo conservou-se em silêncio; mas o respeitável exemplo de Fr. Hilarião, que vivia numa horrorosa incerteza sobre as verdadeiras dimensões da *émina*, incerteza que se convertia em confusão completa ante as copas de prata de

---

225. Desprezível
226. Malefício antigo que era punido com a morte, desterro, perda de bens

um jantar opíparo[227], o havia incitado a imitar o santo monge; e quando o banquete começou a aproximar-se do seu termo, Gonçalo Mendes, com aquela filosofia e equanimidade, que inspira às vezes o sumo da vida, parecia arrostar alegremente com o olhar malévolo da rainha e com as demonstrações de favor que dava aos senhores seus parciais, favores que antes eram uma injúria para aqueles que se mostravam favoráveis às pretensões do infante, que uma recompensa de fidelidade a ela. O licor de Baco, como diria um poeta da Arcádia, fizera, porém, mais do que isso: fizera soltar a língua do Lidador e, sem saber como, ele se achou envolvido numa disputa com Veremudo Peres, a qual chamara a atenção não só dos cavaleiros que se achavam mais próximas, mas até do conde de Trava e de D. Theresa.

Foi por tal motivo que ninguém reparou na entrada do alferes-mor. O gesto carregado deste exprimia uma tristeza profunda, e o seu olhar incerto dava indícios de que lhe revoavam na alma grandes cuidados. Quais estes eram sabe-os já o leitor. Garcia Bermudes antes de correr às torres, adarves e barbacãs, e de ter disposto tudo para que nenhum dos cavaleiros que deviam assistir ao banquete pudesse afastar-se do castelo e do burgo, viera ter com Dulce no lugar aprazado. A declaração que ela lhe fizera de que amava Egas Moniz tinha apagado no seu coração o último raio de luz. Esse momento fora terrível, mas ao menos o seu amor desprezado podia converter-se em ódio, e a sua desesperação em sede de vingança. Entre ele e Dulce não estava a indiferença, estava outro amor, um rival, um cavaleiro da linhagem de Riba de Douro! As suas paixões convertiam-se todas numa só, o ódio; e por esta como que lhe resfolegava[228] o espírito. Era esperança tenebrosa e sanguinolenta a que lhe sorria, mas, enfim, era uma esperança!

Fernando Peres tentava escutar o que se dizia na outra extremidade da mesa, quando sentiu puxarem-lhe pela orla do brial. Voltou-se: era Tructezindo. O esperto pajem tinha notado quão frequentes vezes seu tio lançara os olhos inquietos para a porta: isto lhe provara que esperava alguém, e a falta do alferes-mor que esse alguém era ele. Atento então a ver se o descobria no meio dos sergentes que entravam e saíam da sala, vira-o chegar. O modo por que se postara atrás dos escudeiros confirmou-lhe as suspeitas. Hesitou algum tempo, mas finalmente resolveu-se a sair da fileira dos pajens e a chegar-se ao conde.

– Meu senhor e tio – disse o rapaz em voz baixa –, vede Garcia Bermudes que despreza o seu lugar de cavaleiro – e acrescentou –, não o faria eu, se como ele calçasse acicates dourados.

– Por essa nova que me deste os mereces, meu sobrinho – respondeu Fernando Peres no mesmo tom. – Tê-los-ás mais cedo do que esperas, se bem desempenhares o que te vou ordenar.

Fitara os olhos no alferes-mor: o sinal que este lhe fez desoprimiu o coração do conde.

– Tructezindo – disse ele ao pajem –, aproxima-te da rainha o mais que puderes, e dize a qualquer dos seus donzéis de modo que ela te ouça: *é tempo de acabar o festim.*

---

227. Magnífico
228. Respirava, tomava o ar ou o fôlego

Daí a pouco, o mordomo da cúria descendo do estrado, onde estava em pé a pouca distância de D. Theresa, acercou-se do topo da mesa dos cavaleiros, e parando junto de Fernando Peres:

— Senhor conde de Portugal e Coimbra — disse —, nobres ricos-homens destes senhorios, infanções de além Douro e aquém Minho, cavaleiros, prestameiros e alcaides, a mui excelente rainha dos portugueses vos roga espereis o romper da alvorada para voltardes a vossos castelos e solares. Os chefes de linhagem, que possuem paços ou bairros coutados e honrados no burgo de Guimarães, não recusarão guarida por uma noite aos de seu sangue: os outros serão albergados neste mesmo castelo. São as ordens que recebi de minha graciosíssima senhora.

Ninguém respondeu, porque D. Theresa ergueu-se imediatamente e, fazendo uma leve cortesia aos cavaleiros que se tinham posto em pé, saiu do aposento.

Este acontecimento preveniu talvez algum caso funesto entre o Lidador e Veremudo Peres. A sua disputa política tinha chegado a tal ponto, que debalde havia tentado pôr-lhe termo o mui pacífico abade beneditino. A confusão, porém, que produziu na sala tanto a oferta da rainha como a sua repentina partida separou os dois contendores, a quem a cólera ia brevemente fazer esquecer o lugar onde se achavam.

Os senhores e cavaleiros, apenas a rainha partira se haviam espalhado pela sala do banquete e pela sala de armas. O sino de recolher ainda tardaria a soar na torre albarrã do castelo, e a maior parte deles saiu pouco a pouco do paço e desapareceu pelas ruas torcidas do burgo, onde nas pousadas dos de sua ou de alheia linhagem foram no meio do jogo e da embriaguez concluir o festim subitamente interrompido.

O conde de Trava ficara. Quando viu quase ermo o aposento, dirigiu-se para Garcia Bermudes, que entregue a distração melancólica se encostara à balaustrada que dividia em parte o estrado da rainha do resto da sala. Chegando junto dele, o conde, pondo-lhe a mão sobre o ombro, perguntou em voz baixa:

— Estão de feito tomadas todas as portas do burgo? Não poderá sair cavaleiro algum?

— Nenhum — respondeu o alferes-mor. — Os roldas[229] e sobre-roldas giram nas quadrelas das barbacãs: vinte besteiros de pé, lançados entre estas e as barreiras e junto das pontes levadiças da cárcova, vigiam exteriormente; um troço de corredores almogaures corre no campo em volta do castelo e do burgo. Ardiloso e valente precisa de ser o que tentar evadir-se.

— Excelente! — replicou o conde sorrindo com a ideia de reter em lugar seguro uma parte dos seus inimigos. — Agora — prosseguiu ele —, dize-me ainda: o nobre alferes-mor, que enquanto nós folgávamos nas delícias de um banquete velava por nós lá fora como leal cavaleiro, não viu luzir no céu, por entre as trevas da noite, a sua estrela feliz?

— A minha estrela é maldita — respondeu o cavaleiro com aspecto carregado. — Não há para mim luzir no céu a esperança! Felicidade? Não é no mundo que eu a hei de encontrar.

— Quem sabe? — tornou o conde, em cujas faces passara fugitivo sorriso; e, voltando-se para Tructezindo, que se conservava a alguma distância com os olhos

---

229. Rondas, vigias

no chão, continuou: – Vem cá, meu gentil pajem, hoje será uma noite aziaga para os traidores, porque será a da justiça, mas de justiça reta e imparcial: a recompensa corresponderá aos méritos. Repete o que de relance me disseste ao começar o banquete: busquemos achar o fio desta teia infernal.

Então o pajem narrou o que percebera da conversação entre Gonçalo Mendes, o homem do zorame e o abade do mosteiro de D. Muma. A sua narração era incompleta, mas ouvira o nome de Egas Moniz, e que este viera do campo do infante. Quem duvidaria já de que existisse uma vasta conjuração[230] dentro do próprio recinto de Guimarães? Que outros motivos trariam ali um dos mais ilustres cavaleiros da linhagem do implacável e manhoso aio de Afonso Henriques? Estas reflexões ocorriam de tropel ao conde, escutando a narração do seu pajem.

Quando este chegou a proferir o nome de Egas, um grito fugiu dos lábios do alferes-mor. Fernando Peres alçando os olhos encontrou os dele, que pareciam faiscar. Era a cólera, o ciúme, a sede da vingança? Era talvez tudo. O conde interpretou este grito e este olhar pelos próprios pensamentos.

– Tens razão, Garcia – disse ele. – Indignas-te de ver que homens, cheios de benefícios e honras pela rainha de Portugal, venham nos paços dela urdir a trama dos seus pérfidos desígnios. Mas estão em meu poder, e nada há aí que os salve. Possa eu encontrar ainda em Guimarães o audaz cavaleiro que ousou entrar na caverna do tigre! O algoz e o cepo selarão com sangue a fiel amizade dos infames. Egas, não te esconderá teu disfarce! Gonçalo Mendes, não te valerá nem a espada nem o orgulho de rico-homem! Monge hipócrita, não te salvará tua mortalha de homem vivo. Roma o que pede é ouro, quando defende o seu rebanho de garnachas e cógulas, e a tua cabeça não a cedera eu agora a troco de mil áureos mouriscos.

Assim a profunda indignação, que o conde acreditara ler no gesto do alferes-mor, saía como uma torrente do seu próprio coração.

Depois refletiu um momento, e reassumiu outra vez o seu aspecto habitual de serenidade. Não fora para vibrar vãs palavras de ameaça que se aproximara de Garcia Bermudes. Após breve pausa prosseguiu gravemente e em voz assaz alta para ser ouvido no outro extremo, onde ainda restava um pequeno grupo de cavaleiros:

– Senhor alferes-mor, esperai aqui as ordens da nossa mui excelente rainha, que tem de comunicar-vos importantes negócios. Eu voltarei a chamar-vos, quando assim lhe aprouver[231].

Proferidas estas palavras saiu da sala, e encaminhou-se para os aposentos interiores pela mesma porta por onde a rainha saíra.

Apenas Fernando Peres desapareceu, Garcia Bermudes travou do braço de Tructezindo, e em tom solene disse-lhe:

– Pela minha fé juro que o pajem Tructezindo amanhã cingirá sobre o brial a espada de cavaleiro se cumprir o que lhe vou dizer, e se jurar também guardar sobre isso perpétuo silêncio.

– Juro, juro! – interrompeu o donzel. – Dizei depressa o que pretendeis. Seja o que for, e venham as esporas douradas.

---

230. Conspiração contra o Estado, contra o governante ou contra alguém
231. Agradar, ser aprazível

Era a ideia fixa do diabólico pajem.

Garcia Bermudes arrancou violentamente uma bolsa de couro dourada que, segundo a moda do tempo, lhe pendia do cinto. Abriu-a, tirou de dentro um pequeno pergaminho, e entregando ao donzel uma e outra coisa continuou:

— Vai, e busca encontrar o incógnito que ontem falava a sós com Gonçalves Mendes e Fr. Hilarião. Afirmas que lhe viste o rosto: o seu nome já o sabes. Faze vigiar o mosteiro e a pousada do senhor da Maia: não poupes nem diligências nem almorabitinos, que essa bolsa vai bem recheada. Se o descobrires, entrega-lhe este pergaminho: que o mostre aos vigias e roldas, e eles o deixarão sair da cerca do burgo, o que sem isso lhe fora impossível. Em recompensa disto, dize-lhe que Garcia Bermudes exige que amanhã, duas horas antes do sol-posto, esteja com suas armas e a cavalo no souto que se dilata além do vau de Madrosa; e que se não o fizer é desleal e covarde.

— A causa é dificultosa — replicou o malicioso donzel. — E se hoje não o descobrir?

— Demônio! — respondeu o alferes-mor batendo o pé no chão de impaciência. — Procura-o toda a noite, toda a manhã, todo o dia! É preciso que o encontres, se queres a nobre dignidade de cavaleiro. Entendes? Sem isso, enquanto Garcia Bermudes for alferes-mor, conta que não a obterás.

Não havia remédio: Tructezindo agarrou na bolsa e no pergaminho. Depois atravessou vagarosamente a sala, levantando a touca pelo lado de trás com o índex[232] e coçando o toutiço[233]. Ele tinha razão: a empresa era dificultosa.

Garcia Bermudes caiu então no seu habitual cismar. Ao menos — pensava o cavaleiro —, nunca ela dirá que a minha vingança foi vil e desleal.

Daí a pouco uma voz que soava da porta dos aposentos interiores veio despertá-lo dos seus devaneios. Era o conde, que com aspecto risonho dizia:

— A mui excelente rainha ordena venha imediatamente perante ela o nobre alferes da hoste de Portugal.

---

232. Dedo indicador
233. Parte posterior da cabeça; nuca, cachaço

X
Generosidade

Acompanhando o conde de Trava, Garcia Bermudes atravessou a série dos aposentos que precediam o quarto da rainha, até uma pequena sala imediata à antecâmara real. Apenas os dois cavaleiros chegaram ali, um donzel que estava em pé junto da porta fronteira à da entrada, afastando um rico pano que mascarava esta e curvando-se respeitosamente, proferiu algumas palavras que os dois não perceberam. Pouco tardou que D. Theresa aparecesse. Trajava ainda o vestuário esplêndido com que assistira ao banquete e a viveza[234] desacostumada que conservava no olhar fazia crer que a irritação do seu espírito, despertada pelas últimas novas recebidas do arraial do infante, não havia inteiramente cessado. O numeroso séquito[235] das suas donas e donzelas não a acompanhava, e com tremor involuntário Garcia notou que Dulce era quem unicamente a seguia.

Apenas entrou, a rainha encaminhou-se para os dois, que sucessivamente lhe beijaram a mão ainda formosa. Depois, dirigindo-se a Garcia Bermudes, mas volvendo rapidamente os olhos de quando em quando para o conde, lhe disse:

— Cavaleiro, leal é o teu coração, o teu braço esforçado, tua condição nobre a altiva: por isso te escolhi para alferes da minha hoste. Houve um tempo em que a filha de Afonso de Leão malsofrera que outra voz diferente da sua surgisse no meio do silêncio dos cavaleiros de Portugal atentos ao brado de acometer. Esse tempo já lá vai! Hoje não sou mais que pobre viúva a quem o filho ingrato quer privar da herança que recebi dos reis de quem descendo. A ti e ao nobre conde de Portugal e Coimbra pertence o salvar-me. Ele será o teu primeiro homem de armas, e como ele todos os que ainda não desmentiram o preito que me devem te obedecerão. Assim começo eu a provar-te quanto prezo um dos mais ilustres cavaleiros de Espanha.

A rainha fez uma pausa. O alferes-mor aproveitou aquela interrupção e respondeu visivelmente perturbado:

— De mais, senhora, me tendes provado a vossa talvez infundada estima: maior do que a realidade me tendes feito acreditar o esforço do meu braço. Encontrando por vós uma honrada morte no campo da batalha, eu só poderei mostrar que era, pela lealdade, se não digno de tantas honras, ao menos digno da vossa confiança.

— Não falemos de morte! – atalhou D. Theresa. – Tais pensamentos são de mau agouro nas vésperas de combater. A tua vida me é cara, e brevemente ela te não pertencerá toda a ti. A mais grata recompensa da tua lealdade, alferes-mor de

---
234. Vivacidade
235. Conjunto de pessoas, que acompanham alguém por um dever oficial, por uma cortesia

Portugal, vais tê-la.

D. Theresa tomou então pela mão a filha de D. Gomes Nunes e, fazendo-a adiantar alguns passos, prosseguiu:

– Esta é a recompensa!

O conde, que preparara aquela cena, dava todos os sinais de contentamento ao ver o espanto de Garcia Bermudes, que recuara ao ouvir semelhantes palavras. Fernando Peres obtivera com grande dificuldade que D. Theresa assim constrangesse Dulce a dar a mão de esposa a um homem que não amava. Não lhe escondera ele que isto era uma violência; e sem o desgraçado predomínio que tinha no coração da rainha as suas diligências sairiam baldadas. Por isso, com sobeja razão exultava.

Uma palidez mortal cobrira o rosto de Dulce ao ouvir as palavras da sua mãe adotiva, que lançara para ela o olhar que o algoz noviço volve para a sua vítima antes de desfechar o golpe. A rainha sentiu-lhe palpitar o terror na mão que tinha apertada na sua.

– Oh senhora! – murmurou a donzela, alevantando os olhos para a rainha, com uma inflexão de voz tão meiga, tão tímida e tão dolorosa, que a bela infanta sentiu apertar-se-lhe o coração.

– Vamos, formosa Dulce – interrompeu Fernando Peres, que leu no gesto de D. Theresa o vacilar da sua alma –, sê conosco sincera. São malcabidas aqui palavras fingidas de desamor. Certo que tu suspiravas pelo momento em que pudesses chamar teu um dos mais gentis e esforçados cavaleiros de Espanha. Esse momento chegou...

– Mas... senhor conde! – interrompeu balbuciando o alferes-mor.

– Basta, Garcia Bermudes – prosseguiu o conde, carregando o sobrolho. – És meu amigo, e a mui excelente rainha oferece-te para mulher a sua filha adotiva, a herdeira do nome dos Bravais. Não é digna de ti? Não és tu digno dela? Esta união prender-te-á mais, se é possível, à terra que tomaste por pátria, e eu assim to ordeno. Sei que era esse o pensamento contínuo do teu espírito, o alvo a que tendiam todos os afetos do teu coração.

O leitor conhece já o caráter de Dulce: o primeiro instante de uma situação arriscada era para ela o da fraqueza mulheril, mas era só um instante. Mediu o abismo que se lhe abria debaixo dos pés... Um dia mais e estava salva! Era necessário resistir: era necessário coligir[236] todas as forças da sua alma. Trêmula, mas com energia, atalhou Fernando Peres:

– Não, senhor de Trava! Aquela que foi segunda mãe de Dulce; aquela que sempre se lhe mostrou generosa e indulgente; a rainha de Portugal tem direito a dispor da sua mão; tem direito a recalcar-me no fundo da alma todos os afetos, a fazer-me devorar em silêncio as minhas lágrimas. Se não pudesse dobrar-lhe a vontade, se ela fosse inflexível, obedecer-lhe-ia... ou morreria talvez! Mas vós, senhor conde, qual é vosso título para constranger minha vontade? Fostes vós que honrastes o solar dos Bravais? Recebeu D. Gomes Nunes algum préstamo de vossa mão? Que vale que vós digais ordeno-o se eu, nobre e livre, se eu, neta dos godos, vos responder não será?

---

236. Reunir

A rainha olhava atônita para Dulce, cuja palidez e voz trêmula desmentiam a resolução das suas palavras. O furor do conde, cujo ânimo os acontecimentos desse dia tinham sobejamente irritado, ouvindo aquelas expressões que tocavam as raias do desprezo, rebentou[237] subitamente. Esqueceu-se do fingido respeito que em toda a parte mostrava pela rainha, e principalmente na sua presença, para só se lembrar de que realmente ele era o verdadeiro senhor nos paços de Guimarães, desde que D. Theresa lhe entregara corpo e alma.

— Quem é que ousa aqui dizer não será ao conde de Portugal e Coimbra? — bradou ele com um rugido feroz que fez tremer a donzela. — Quem ousa nestes paços resistir à minha vontade? — E, depois de uma breve pausa, prosseguiu, dando uma risada: — Ah, sois vós, nobre herdeira dos Bravais, vós a que não tendes nenhum préstamo de minhas mãos? Sois vós a que recusais obedecer-me?

Depois de outra vez ficar alguns momentos calado, continuou em tom de mofa:

— Podeis, senhora, ordenar que soem as trombetas e timbales[238] nos vossos castelos e honras; que os vossos alcaides juntem os cavaleiros, os vossos vilicos os besteiros, archeiros e idibulários; que os vossos alferes desenrolem os balsões dos Bravais, para marchar contra o mísero conde de Portugal em lide de homizio!

— Não, senhor de Trava!?

— Sim, vos digo eu, donzela! Sim, que é força assim seja! Dizei-me só por muita mercê: é o pudor virginal quem vos obriga a rejeitardes a mão de tão gentil cavaleiro?

Fernando Peres cruzou os braços e cravou na donzela o seu olhar de gerifalte[239]. Dulce, aterrada com as palavras e gestos daquele homem orgulhoso, tinha caído de joelhos aos pés da rainha e, apertando-lhe com as mãos convulsas a barra do epitógio, exclamou:

— Oh! Salvai-me, salvai-me!

Dolorosa era a situação de D. Theresa. Amava sinceramente Dulce; mas entre ela e o conde havia laços que não podia, que não quisera quebrar. Aquelas expressões insolentes de Fernando Peres, a audácia com que ele substituía a própria vontade à sua, tinham uma significação terrível; despertavam-lhe recordações e remorsos!

O primeiro impulso do seu espírito altivo foi a indignação; mas a vergonha, talvez o temor, lhe embargou o manifestá-la. Abaixou o rosto, e duas lágrimas lhe escorreram pelas faces.

O alferes-mor, porém, a fez sair daquele estado violento.

— Não — disse ele aproximando-se de Dulce —, não serás minha vítima! Garcia Bermudes nunca se esquecerá do dever de cavaleiro. Seria acaso a minha vida mais risonha possuindo-te, quando o teu coração... me rejeita? Sê livre! Recuso a posse de Dulce, rainha de Portugal!

A pobre donzela largou os vestidos de D. Theresa e, pegando na mão do cavaleiro, beijou-a soluçando!

---

237. O mesmo que arrebentar
238. Tambor de cavalaria
239. Ave de rapina da família dos falconídeos, sendo uma espécie de falcão de 50 cm aproximadamente, de plumagem clara ou branca, que existe principalmente na Europa setentrional

– Eu te amarei como um irmão! – exclamou ela. – Eu te adorarei como um deus. Oh! tu sabes que só assim...

– Silêncio!... – interrompeu nobremente o cavaleiro, porque percebeu que Dulce na agitação em que se achava ia trair-se a si própria e revelar o seu segredo.

O conde continuava a contemplar esta cena com os braços cruzados e com um riso cruel nos lábios. Dirigindo-se então à rainha, prosseguiu no mesmo tom de ironia amarga:

– Bem se vê, senhora, que o vosso alferes-mor foi armado cavaleiro pelo Cid Ruy Díaz. Guarda puras as tradições daquele espelho brilhante de todas as cavalarias. Mas eu, fraco mortal que não ponho tão alta a mira, penso mais tranquilamente! Garcia Bermudes! Dulce! Escutai o que vos digo: são as minhas derradeiras palavras. Amanhã a estas horas o alferes-mor de Portugal terá uma esposa, e esta esposa será a nobre e rica herdeira dos Bravais.

E voltando-se para D. Theresa ajoelhou, beijou-lhe a mão, e disse:

– Espero que a mui excelente rainha, no momento em que vai recolher-se à sua câmara, permitirá que o mais leal dos seus vassalos se retire também para não perturbar os colóquios[240] de dois amantes na véspera do seu noivado.

A inflexão que o conde dera a estas últimas frases tinha o que quer que era atroz e diabólico. D. Theresa estremeceu como sacudida por uma corrente elétrica e, atravessando vagarosamente a sala, desapareceu.

Fernando Peres, encaminhando-se para o lado oposto, ouviu Garcia Bermudes repetir com voz firme:

– Não: tu nunca serás minha!

O conde voltou a cabeça sem parar, encolheu os ombros e saiu.

Dulce, que ficara na postura em que se achava com a mão do alferes-mor entre as suas e a fronte pendida sobre ela, alevantou então os olhos e fitou-os no cavaleiro: o rosto deste era solene e triste.

– Estás satisfeita, Dulce? – perguntou o aragonês.

– Tu és bom e generoso, Garcia! Tu és bom e generoso! – murmurou a filha de Gomes Nunes. – Pudera eu oferecer-te um coração ainda virgem! Oh, de quanto amor eu cercaria os teus dias!

– Basta! – interrompeu o cavaleiro perturbado. – Que te importa, anjo do céu, se ao passares na terra os raios da tua luz devoraram uma existência? Que importa?!... Oh, que nesta idade de vida e de esperanças custa muito a morrer!

O alferes-mor levou as mãos ao rosto. Era porventura uma lágrima, e o mancebo envergonhava-se dessa lágrima, neste doloroso momento; porque não era só doloroso, mas também grave e solene.

– Oh Garcia, Garcia! – replicou Dulce. – Qual gratidão poderá exceder a nossa para contigo?! Tu me salvaste e o salvaste a ele. Egas ser-te-á amigo, irmão, servo...

– Que nome saiu da tua boca?! – bradou o aragonês, com olhos subitamente acesos de furor. – Irmão! amigo! Amaldiçoada a hora em que entre nós se dissessem essas infernais palavras! Cuidas tu que o amar-te, a ponto de renegar da minha alma, da minha perpétua felicidade, é não detestar a ele?...

240. Conversação

Aqui, apertando com força o braço de Dulce e fazendo-a erguer, continuou com voz presa:

– Olha, Dulce, amanhã... Mas não!... Se a sua vida for assaz larga para te possuir... e essa vida provará talvez que ele é um covarde... dize-lhe que, se algum dia duas hostes estiverem frente a frente em lide ou arrancada, e eu for em uma e ele noutra, que fuja do sítio onde vir esvoaçar o balsão de Garcia Bermudes... Que fuja! porque há aí uma espada que tem sede do seu sangue; porque há aí lábios que lho beberiam; porque bate aí impetuoso o coração de um seu inimigo mortal! E dize-lhe mais... que este inimigo sou eu! Dize-lhe que não há sobre a terra um lugar onde caibam ele, eu – e o meu ódio!

Proferindo estas palavras, o gesto do cavaleiro estava demudado. Afastou de si a donzela com violência e dirigiu-se rapidamente à porta dos aposentos exteriores.

Um gemido de profunda agonia bateu ainda nos seus ouvidos ao atravessar a sala imediata; e o desgraçado fugiu. Arrastava-o a desesperação.

Aquele gemido partira do seio de Dulce, que dera em terra como se fora morta.

XI

O subterrâneo

*D*epois de acabado o banquete, quando os cavaleiros começaram a derramar-se pelas salas esplendidamente adornadas dos paços de Guimarães, e a descer aos pátios onde os cavalariços os esperavam com os cavalos deles e dos seus acostados e pajens, Fr. Hilarião, receoso de um novo encontro de Gonçalo Mendes com Veremudo Peres, o qual teria provavelmente consequências que naquela melindrosa[241] conjunção era necessário evitar, com tal arte soube reter o violento rico-homem na sala de armas que, ao descer ao terreiro interior, este começara a estar deserto, porque mais de uma hora tinha passado. Aí mesmo ainda o abade procurava, parando, demorar a saída do cavaleiro com intermináveis reflexões e perguntas sobre os receios e esperanças que agitavam todos os ânimos. No meio, porém, da manhosa conversação do velho monge, um caso inesperado veio interrompê-la.

O vasto pátio que precedia o palácio estava apenas alumiado pela luz afastada de uma almenara[242], colocada no eirado da agigantada torre albarrã, e pelo

---

241. Perigosa, arriscada
242. Fachos ou faróis que, nas atalaias ou torres, serviam de sinal contra o inimigo, ou para outro fim qualquer

tênue reflexo de dois fogaréus que ardiam ao lado da ponte levadiça. A claridade dos dois fachos, atravessando por baixo do portal soturno, ia bater somente no átrio da escadaria que dava comunicação para a sala de armas. De um e de outro lado do terreiro as trevas pareciam profundas aos que seguiam da escada ao portal por aquela espécie de estrada de luz, mas por isso mesmo estes eram perfeitamente vistos por quem quer que estivesse de uma ou da outra parte.

No momento em que parou, Gonçalo Mendes viu ao pé de si um invidíduo, que ele supunha já bem longe de Guimarães.

– Como assim, Odorio Fromarigues?! Há mais de uma hora que devíeis ter partido para a terra da Maia. Os anos, meu amo, têm-vos tornado os pés tardos[243].

A pessoa a quem o Lidador dirigia estas palavras era um velho, pequeno de corpo, magro, olhos como duas ervilhacas e de tez semelhante a um pergaminho de sete séculos amarrotado. Trazia vestido um lorigão negro, e na cabeça um camalho, que, cobrindo-lhe o pescoço até os ombros e circundando-lhe o rosto como a toalha de uma freira, apenas lhe deixava este visível. Aquele traje militar era o de um simples homem de armas ou acostado de rico-homem; porque o arnês de solhas e o elmo ou capelo de ferro brunido ainda eram armadura demasiado custosa para os que, pelo menos, não pertenciam à classe dos simples cavaleiros.

A resposta do velho às palavras de Gonçalo Mendes, nas quais, posto que proferidas em tom submisso, transluzia o despeito, foi pôr o dedo na boca, fazer-lhe sinal que o seguisse, e encaminhar-se para um dos recantos do pátio onde a escuridade parecia mais profunda.

Odorio Fromarigues era o vilico do solar da Maia. O vilico do século XII, quer o fosse do rei, conde ou senhor supremo, quer de um vassalo poderoso, correspondia não só ao moderno administrador ou mordomo de rico fidalgo, mas também representava a autoridade administrativa e ainda, em certos casos, a judicial, dentro dos limites da honra, préstamo, ou senhorio respectivo. Era ele quem por via de regra fazia o alardo, e muitas vezes capitaneava na guerra os peões, besteiros, flecheiros e fundeiros, e na ausência do senhor fazia as suas vezes em todos os lugares, salvo nos castelos ou castros, onde ao alcaide ou tenente tocavam em grande parte as atribuições do vilico. Conforme a promessa que fizera ao homem do zorame, Gonçalo Mendes, ao subir para a sala do banquete, encontrando aí entre os seus acostados Odorio Fromarigues, que nessa ocasião se achava na corte, lhe ordenara partisse imediatamente a todo o correr do cavalo para a terra da Maia, e convocando oitenta acobertados e sessenta peões os tivesse a ponto com caldeira e pendão, para cumprir as ordens que brevemente lhe havia de comunicar. Receando que o vilico cometesse alguma imprudência, nada mais lhe fizera saber, resolvido a enviar no dia seguinte um cavaleiro que devia acompanhar aquela mesnada ou força, como hoje diríamos, até o arraial do infante.

Tanto o Lidador como o abade haviam seguido o vilico para o sítio que ele parecia buscar com toda a precaução. Chegados a um canto escuro entre a sacada interior de uma torre e a escada que subia para o adarve da quadrela contíngua, o vilico parou, voltando-se para os dois.

---

243. Lento, vagaroso no andar

– Por que não partiste? – perguntou o cavaleiro. – Que mistérios são estes?
– Não pude – respondeu o velho. Os vigias, roldas e sobre-roldas têm as mais estreitas ordens para não deixar passar além das barbacãs do burgo ninguém, seja quem for: o próprio conde de Trava não é excetuado. Entre os homens de armas correm varias notícias. Se acreditarmos o que se diz...
Aqui o vilico hesitou e se calou.
– Que é o que se diz? – acudiu o Lidador depois de alguns momentos, impaciente com o silêncio de Odorio Fromarigues.
– Que – prosseguiu o velho ainda hesitando – há conjurados contra a rainha dentro de Guimarães; e ousam pronunciar o nome de um dos mais ilustres e leais ricos-homens de Portugal como o cabeça e movedor da conjuração.
– E cujo é esse nome? – insistiu com voz firme o Lidador.
– É... – tornou o vilico em tom quase imperceptível – é o vosso!
– Oh, entendo, entendo! – murmurou com uma cólera reconcentrada Gonçalo Mendes. – Medem-me por si os miseráveis! Porém, não! Eles bem sabem que lealmente eu diria à rainha: "Senhora, não será para estrangeiros meu preito, que o devo a vosso filho".
– Bem sabem que à luz do meio-dia eu movera os meus pendões para a hoste de Afonso Henriques. Conspiradores covardes são eles, porque querem colher às mãos indefensas os que temem encontrar nas lides. Esqueceis-vos, meus nobres senhores, que tenho comigo vinte acostados, e que vinte acostados meus são sobejos para, mau grado vosso, romper larga saída por essas tão vigiadas barreiras?
– Vilico – prosseguiu ele voltando-se para Odorio Fromarigues –, vai-te ao meu bairro: previne já os nossos cavaleiros que vistam imediatamente as armas; e que juntos na minha pousada vigiem das ameias as ruas em roda, porque os ameaça uma negra traição. Eu breve serei com eles.

O tom com que o esforçado rico-homem proferira estas palavras não admitia observações: o vilico obedeceu.

Apenas ele partira, Gonçalo Mendes dirigiu-se a Fr. Hilarião:
– Abade do mosteiro de D. Muma, vós me acompanhareis. A vossa amizade para comigo pode ser-vos fatal: o conde de Trava não é homem que respeite a santidade do sacerdócio, e a vida, ou pelo menos a liberdade, vos correria grão risco se nas prevenções desta noite se esconde, como suspeito, um pensamento atroz.
– Deixai o obscuro monge – respondeu o frade – e salvai o ilustre guerreiro. Que importa a liberdade ou a vida de quem como eu já demais tarda ao sepulcro? A morte, posto que me aterre, achar-me-á resignado. Mas o que mais temo é o vosso próprio esforço. Com vinte homens de armas que podeis fazer em Guimarães, onde Fernando Peres conta mais de mil lanças dos seus parciais?
– Ao romper da alva – replicou o cavaleiro –, por meio desses vigias e roldas a minha acha-d'armas abrirá franca passagem aos vinte cavaleiros do solar da Maia. Os que então se opuserem à sua saída – prosseguiu com um sorriso amargo – não terão, juro-vo-lo eu, largo alento para dizer ao conde de Trava: "Gonçalo Mendes, ei-lo que vai juntar-se com os seus à hoste do infante de Portugal". Ao menos terei ao partir selado para sempre alguns lábios desses que ousaram proferir o meu nome de envolta com o título de desleal.

– A ousadia – tornou o abade – vos faz parecer fácil tão dificultosa empresa: mas o perigo é imenso. Se no primeiro ímpeto não puderdes salvar as barreiras, estais perdido; e esta tentativa desesperada dará cor de verdade às acusações dos nossos inimigos.

– É necessário sair desta situação violenta – interrompeu o Lidador. – Sei o que significa tão repentino converter do burgo de Guimarães em vasta prisão de homens livres. Quando aí se arrisque a vida, que importa? Estes pulsos não foram feitos para os ferros do senhor de Trava.

– Mas se houvesse um meio – replicou Fr. Hilarião – mais seguro de vos pordes em salvo com os cavaleiros de vossa honra...

– Ah! – disse uma voz que parecia soar do chão junto aos pés do monge.

Gonçalo Mendes recuou metendo mão à espada; e ambos procuraram no meio da escuridão descobrir de onde partira aquela palavra.

– Quem é que nos escuta? – bradou o cavaleiro.

– Eu! – disse a mesma voz, acompanhando esta palavra com uma grande risada.

– É a voz e o rir de D. Bibas! – exclamou o abade ainda sobressaltado. – Agora me recordo de que fica para este lado a sua humilde pousada.

O monge, o cavaleiro e todos os habitantes dos paços de Guimarães haviam-se completa e profundamente esquecido do truão, como porventura terá acontecido a mais de um dos nossos leitores.

Neste momento a luz de uma lanterna de furta-fogo deu de chapa nos vultos do Lidador e de Fr. Hilarião. À tênue claridade que nos próprios corpos se refrangia, eles viram um braço, que segurava a lanterna no vão de uma porta baixa meio cerrada, que mais parecia o ádito[244] da pocilga de um mastim[245] que de habitação de homens. No meio do vão escuro luziam dois olhos, e alvejavam os dentes de boca escancarada por um rir que devia ser feroz.

– Que fazes aqui, truão? – perguntou o cavaleiro colérico.

– Escutava – respondeu tranquilamente o bobo estendendo a cabeça para os dois.

– Foi desgraça tua! porque me é necessário o teu silêncio – murmurou o Lidador, largando a espada na bainha, travando do braço de Dom Bibas, e levando a mão ao punhal que tinha no cinto.

O bobo não deu o menor sinal de susto e, vendo este movimento do cavaleiro que porventura só pretendia aterrá-lo, com um tom de amargo escárnio replicou ao ouvir aquelas palavras ameaçadoras:

– Não gasteis comigo, nobre Senhor, a única moeda com que vós outros os poderosos comprais não só o silêncio, mas tudo aquilo de que careceis para satisfazer paixões brutais. Se eu quisesse delatar o que vos ouvi, não fora tão louco que vos falasse.

– Respondo por Dom Bibas – acudiu o abade. – Não é ele capaz de trair-nos. Quis exercitar o seu mister, e bem sabeis que seu mister é gracejar.

---
244. Acesso, entrada, caminho por onde se chega a algum lugar
245. Grande cão para guarda de gado

– Fr. Hilarião! – interrompeu o bobo – entre a vida que foi, e a que é e há de ser, há para mim um abismo. Cavaram-no os estrangeiros; mas eu os despenharei aí! E depois Dom Bibas, o folião, o bobo, assentar-se-á na borda dele para lhes alegrar a queda: para rir e zombar. À pergunta que fizeste se haveria meio de sair de Guimarães este nobre cavaleiro, que intenta manchar seu rico bulhão no sangue vil de um jogral, e os homens de armas da Maia, respondi eu que havia. Juro que não menti. Tenho para isso meio fácil. Podeis aproveitar-vos dele, se é que o benefício de um bufão não desonra um rico-homem de ilustre linhagem.

– Dom Bibas! – replicou o abade, fitando nele os olhos como quem buscava ler na sua alma – é impossível que queiras escarnecer de um nobre cavaleiro que nunca te maltratou e de um pobre velho que sempre achaste indulgente, enquanto os outros monges te repeliam como a um réprobo[246], desde o dia em que despiste o nosso santo hábito para te atirares aos deleites do mundo e, di-lo-ei, à devassidão da vida de um jogral. É impossível, repito, que as tuas palavras sejam apenas uma cruel zombaria. Mas como hei de eu acreditar-te? Que auxílio nos podes prestar, tu, humilhado e fraco?...

– Bem sei que sou fraco! Oh bem sei! – interrompeu o bobo com um acento em que se misturava a desesperação e a dor. – Essa terrível verdade está escrita com sangue no meu corpo pelas mãos dos cavalariços de Fernando Peres, e com o fogo nos seios da minha alma pelo dedo da amargura... Sou fraco!... porque não embraço um escudo, nem meneio uma acha-d'armas! Sou um homem condenado ao mais atroz dos tormentos; a chamar o riso aos lábios e a alegria ao gesto quando o coração está em noite. Sou fraco... porém não sou vil! Mais fraca é a víbora... e também o homem, que é forte, a calca e passa avante: mas pisada, ela alça o colo, vibra a língua farpada... e, passando um dia, por cima do cadáver do forte, do homem, o ente fraco, a víbora, pode arrastar-se, rolar, sem que ele alevante o pé para a esmagar de novo!...

O cavaleiro e o monge, cujos olhos se haviam afeito à luz escassa da lanterna do bobo, estavam pasmados ouvindo aquelas palavras e vendo aquele gesto truanesco, em que se pintavam o ódio, a raiva, a desesperação. Atônitos, custava-lhes a crer o que presenciavam, ignorando o que se passara no jardim pênsil. O Lidador largara o braço de Dom Bibas; e a muito custo puderam os dois perceber dos seus discursos truncados o motivo do furor do chocarreiro.

– Fica tranquilo! – disse Gonçalo Mendes. – A injúria cruel que recebeste e essa sede de vingança são os teus fiadores. Agora afastemo-nos daqui – acrescentou ele dirigindo-se ao abade. – Não devo demorar-me por mais tempo. Cumpre ter tudo disposto para sairmos ao romper da alva. A Virgem e Santiago sejam convosco.

Ia a afastar-se. Dom Bibas, porém, o reteve, segurando-lhe com força a orla do saio.

– Não saireis sem me ouvirdes! – exclamou o bufão. – Quando os sisudos traçam, como vós, impossíveis, importa que os loucos tenham juízo por eles. Os vossos intentos são vãos; porque antes da madrugada vinte homens de armas da terra da Maia terão sido arrastados aos calabouços deste castelo, e talvez a cabe-

---

246. Banido da sociedade

ça do ilustre rico-homem tenha rolado aos pés do algoz. Certo cavaleiro, que há pouco trajava um zorame, deve, se cair nas mãos do conde de Trava, acompanhar o nobre senhor neste transe que o aguarda. O cavaleiro do zorame chama-se Egas Moniz, e o rico-homem chama-se Gonçalo Mendes da Maia.

O abade ficara estupefato ouvindo as palavras do bobo; porém no ânimo do Lidador, o perigo iminente que este lhe anunciava só despertou mais violenta indignação misturada de curiosidade. Como soubera Dom Bibas da vinda de Egas Moniz? Como adivinhara ele os intentos do conde de Trava? Qual era esse meio que se gabava de ter para os salvar? Havia nisto tudo um enigma, cuja explicação era necessário encontrar. O chocarreiro, porém, lhe rasgou o véu do mistério.

Apenas, lacerado dos açoites e manando sangue das costas, escapara das mãos dos cavalariços e pajens, Dom Bibas fora esconder na espécie de covil em que vivia, a sua dor e vergonha. Era um pesadelo, um delírio aquilo por que passara: era monstruoso e incrível. Posto às varas como um servo, ele homem livre; ele tão mimoso de seu bom senhor D. Henrique! As lágrimas correram abundantes por essas faces habituadas de longos anos unicamente às contrações das visagens truanescas. As lágrimas, porém, nem o consolaram, nem bastavam à sua desesperação. Depois de se rolar pelo chão mordendo os punhos cerrados, o bufão assentou-se a um canto, como o lobo-cerval colhido no fojo[247], cansado de lidar em vão por salvar-se. Todo o fel, que o rir forçado de tanto tempo lhe fizera, por assim dizer, absorver e calcar no coração, achou enfim um resfolegadouro no ódio implacável que a dolorosa e terrível afronta recebida lhe gerara lá dentro. O pensamento da vingança alcançara o que não haviam obtido as lágrimas: Dom Bibas sentia agora que ainda havia para ele consolação e esperança.

Mas como vingar-se? Ignorava-o. Juraria, contudo, que Belzebu lhe dizia ao ouvido: "Pensa bem; que hás de atinar com o caminho que buscas". Quem deixou de achar meios neste mundo para satisfazer paixões más?

Maquinalmente Dom Bibas despira as roupas variegadas de folião e, vestindo um simples traje de escudeiro, galgara as escadas do paço. Na confusão que reinava na sala do banquete ninguém o conheceu. Girando de uma para outra parte, ele cogitava no modo por que poderia obedecer ao pensamento irresistível que o agitava. A esperança de que a festa terminasse, segundo o costume, por completa embriaguez em que o sangue corresse, e que talvez no meio da desordem alcançasse aproximar-se do conde, lhe sorriu um momento. Então pensava lá consigo como uma boa punhalada pagaria a dívida do truão ao nobre senhor! Mas arriscava-se a errar o golpe, e ele precisava da vida até obter completa vingança. Também pela cabeça desvairada do chocarreiro passou a ideia de envenenar a taça ou o copo por onde Fernando Peres havia de beber. Mas fora impossível sequer o tentá-lo sem ser descoberto. Flutuando assim a sua imaginação desregrada de pensamento em pensamento, Dom Bibas se conservara na sala do banquete até o fim: vira entrar Garcia Bermudes e os sinais de acordo que houvera entre ele e o conde. Ao retirar-se a rainha, o bobo se aproveitara do tumulto dos cavaleiros que saíam para renovar uma das suas usuais habilidades,

---

247. Buraco aberto na terra e disfarçado com folhas ou galhos para caçar, vivos, bichos ferozes

com o intento de observar até o fim o que se passava. Os sergentes e pajens apressavam-se a lançar mão dos restos do banquete, e por entre eles Dom Bibas pôde sumir-se debaixo dos ricos panos, que, segundo o costume do tempo, cobriam, até rojar[248] pelo chão, aquela vasta mesa. Ali, ora escutando, ora coando pela memória um a um os açoites que recebera e as chufas e apupos dos cavalariços e servos, ele despertava na própria fantasia um tropel de vinganças imaginárias, a qual delas mais absurda e inexequível. O louco por arte desde que deixara de rir tocava quase as raias da verdadeira loucura.

Daquele esconderijo o bobo ouvira perfeitamente o que se passara entre o conde de Trava, o alferes-mor e o filho de Veremudo Peres. As revelações deste, as ameaças do conde e a comissão misteriosa de que Garcia Bermudes encarregara o pajem, nada escapou a Dom Bibas. Para os seus intentos esta conversação fora um raio de luz. Fernando Peres receava-se de uma traição de senhores e cavaleiros ilustres, e era ele vilão humilde, ele jogral, ele verme desprezível que o mui nobre conde crera esmagar num momento de cólera, quem podia entregar Guimarães ao infante e despedaçar nas mãos do ambicioso e altivo barão não só o poder, mas a vida. Dom Bibas esteve a ponto de soltar um rugido de contentamento ao ocorrer-lhe essa ideia, e um clarão de danada esperança alumiou as trevas da sua alma.

Desde a morte de D. Henrique, o seu bobo querido caíra da grande altura do valimento ao nível dos animais domésticos; o seu fado fora o dos privados do príncipe que descera ao túmulo; e, como sucede a estes frequentemente, se não o expulsaram do importante cargo que exercitava, foi que ninguém havia aí que o substituísse. Lançaram-no, porém, para aquele aposento baixo, triste e úmido, em que Dom Bibas desde então habitava, consolando-se do desprezo com essas horas de glória e triunfo, em que imperava, rei das festas noturnas, nos saraus esplêndidos e nos banquetes suntuosos[249], a que ele dava vida e cor com as suas agudezas e chascos[250].

Nesta espécie de caverna, para onde fora desterrado, o bom truão curtira muitas horas de tédio; a solidão para qualquer alma sem afetos é um tormento real, e a alma de Dom Bibas era por esse lado uma verdadeira tebaida[251]. Certo dia em que deitado no seu almadraque tinha os olhos fitos numa réstia de sol que dava de chapa na parede fronteira, pareceu-lhe divisar nesta os vestígios de uma porta entaipada[252]. A curiosidade o incitou a fazer mais atenta averiguação. Não se enganara. À força de tempo e diligências pôde abrir suficiente passagem para o esconderijo que achara. Era este um daqueles caminhos subterrâneos, comuns em quase todos os castelos da Idade Média, por onde nas últimas estreitezas os defensores dos lugares fortificados alcançavam salvar-se quando a resistência se tornava impossível. Este caminho, que parecia pertencer à fundação primitiva do castelo de D. Muma, fora provavelmente condenado como inútil quando o genro de Afonso VI lançara em roda dos seus paços soberbos uma cinta de muros e torres inexpugnáveis[253].

---

248. Arrastar
249. De grande riqueza
250. Graças
251. Solidão
252. Fazer parede de taipa; emparedar com taipas
253. Característica daquilo que não se pode vencer ou conquistar através da força; invencível

Nunca Dom Bibas revelara o descobrimento casual que fizera. Este homem, que nada possuía, quisera ao menos possuir um segredo. E na presente ocasião aquela inocente avareza lhe punha nas mãos um rico tesouro, o cumprimento dos seus vingativos desejos. A entrada do subterrâneo era longe, e o bobo, atravessando-a algumas vezes tivera o cuidado de tornar ainda mais cerradas as balsas[254], sarças[255] e troncos que a encobriam. A ideia que lhe ocorrera ao ouvir a conversação do conde e do alferes-mor fora a de fazer servir este caminho desconhecido ao ódio que o devorava. O infante dirigia-se a Guimarães, e na primeira noite ele lhe podia dar nas mãos aquele invencível castelo. Assim, apenas vira deserta a sala do banquete, saíra e viera fechar-se na sua pocilga, para cogitar do modo de executar seus intentos. Deitado no roto e imundo almadraque, estava embebido em reflexões, quando ouviu falar o cavaleiro e o monge. Pôs-se a escutá-los, e do seu diálogo conheceu os receios que os agitavam, receios que ele sabia serem bem fundados. Deus ou o demônio lhe trouxera ali os instrumentos da vingança. Dando saída ao Lidador e aos seus cavaleiros, o esforçado senhor da Maia ficaria sabendo o meio de saltear este vasto e sólido castelo, que aliás parecia inconquistável.

Tal foi em substância a narração de Dom Bibas, que, fechando a porta, conduzira o monge e o rico-homem ao lado do aposento onde ele abrira entrada para o subterrâneo.

– Por aqui – dizia o bobo com um rir diabólico – é o caminho da salvação para vós, e para mim o de ver realizado o que será doravante o único pensamento da minha vida.

O Lidador ficou por algum tempo em silêncio, e por fim exclamou:

– Mas quem há de salvar os meus bons e leais cavaleiros, que me aguardam?

– Eu – acudiu o bobo. – As portas do castelo ficam abertas, porque os vigias e roldas correm pelas barbacãs. Saí vós outros, e esperai-os à boca do subterrâneo. Dentro de poucas horas todos estarão convosco. Basta que me deis um sinal com que eu possa fazer que eles me obedeçam.

O Lidador pareceu assentir à proposição de Dom Bibas; porque, tirando da escarcela uma taboazinha coberta de cera, com um anel que tinha no dedo estampou nela o seu selo de camafeu[256] e, entregando-a ao bobo, lhe disse:

– Vai, apresenta isto ao meu vilico, e serás obedecido em tudo.

– Falta ainda uma coisa! – continuou Dom Bibas. – Reverendo abade, vesti este traje de escudeiro que aí vedes, e deixai-me vossa cógula. Não sei o que me diz o coração... Talvez me seja necessária. Será esta a primeira recompensa do serviço que ora vos faço.

Fr. Hilarião hesitou; mas o terror das ameaças que o truão ouvira ao conde só lhe dava lugar a uma ideia: a de sair de Guimarães sem risco. Depois de cinquenta anos de vida monástica, pela primeira vez o monge trocava por trajes profanos o seu santo hábito.

---

254. Estrado de madeira provido de amurada, para travessia de rio, preso a um cabo fixado em ambas as margens, e semelhante a uma jangada
255. Planta da família das rosáceas; também conhecida por silva
256. Pedra dura formada por duas camadas de cores diferentes, numa das quais se grava uma figura em relevo

Dom Bibas entregou a lanterna de furta-fogo aos seus dois amigos, que se internaram no subterrâneo. Tanto que desapareceram, ele abriu às apalpadelas a porta exterior da sua pocilga e, cosendo-se com o muro do pátio, atravessou a ponte levadiça e encaminhou-se para o bairro do senhor da Maia.

XII

A Mensagem

*A*lguns instantes mais que o trovador se houvera demorado no jardim pênsil lhe tornariam impossível o sair de Guimarães. Abul-Hassan tinha tido a prevenção de comunicar ao mestre dos engenhos, a seu irmão o tornadiço, como ele lhe chamava na ausência, o lugar onde o devia encontrar no caso de ocorrer algum sucesso inesperado.

O árabe-cristão ouvira a ordem do alferes-mor para se dobrarem as vigias e roldas, lançar-se uma quadrilha ao campo, e proibir-se a saída do burgo a todos, apenas se fizesse o sinal de acabar o banquete. Então o tornadiço correra ao arco escuro do jardim pênsil, e relatara tudo isto a Abul-Hassan. O silvo do árabe, que tão cedo soara para Dulce, procedera desta causa, e por isso o cavaleiro tivera de atravessar, correndo à rédea solta, o recinto do castelo e do burgo. Passando a cárcova das barreiras, ainda vira dobrar o número dos atalaias noturnos, e sentira o tropear dos cavalos rodeando os andaimos[257] das barbacãs. Para se não tornar suspeitoso, depois de sair junto ao cubelo da couraça, caminhara lentamente em volta da povoação e, fazendo um largo rodeio, viera outra vez meter-se no caminho que levava à margem do Avicela, onde o esperava o seu pajem.

Ainda ele galgava no valente ginete uma senda agre e tortuosa na selva contígua ao vau do Madroa, quando sentiu a pouca distância, do lado oposto do rio, um estrupido de cavalos, os quais pareciam caminhar por entre os choupos[258] e salgueiros que povoavam tanto uma como outra margem. Pelo ruído que faziam facilmente se conhecia que era uma numerosa cavalgada. Falavam em voz alta, e pareciam seguir um caminho contrário ao seu, aproximando-se do vau, enquanto o cavaleiro se afastava dele. Talvez o perseguiam. Este pensamento, que lhe ocorreu, o fez parar subitamente. Apesar de conhecer que mal poderia resistir àquele tropel de homens de armas, não receava um combate noturno; mas era-lhe necessário evitar toda a demora em voltar ao arraial do infante, a fim de poder cumprir

---
257. Andaimes
258. Gênero de árvores da família das salicáceas, geralmente de grande porte

o que prometera a Dulce. Assim, descavalgando do ginete e levando-o de rédea manso e manso, aproximou-se da ribeira junto da qual o arvoredo e o mato eram mais frondosos e bastos, afastando-se da senda por onde forçosamente os almogaures haviam de passar no caso de transporem o vau.

No momento em que o trovador guerreiro chegou a uma balça, na qual era quase impossível ser descoberto, à luz cintilante das estrelas as armas dos que vinham ladeando o rio reluziram na margem fronteira. Pareciam altercar entre si e, como a corrente era estreita, Egas, que se conservava calado e quedo, pôde facilmente escutá-los.

Aquele tropel de homens de armas era uma quadrilha ou piquete, como hoje diríamos, que Garcia Bermudes enviara para rodear exteriormente as barreiras e obstar a fuga dos que pudessem esquivar-se à vigilância dos atalaias e roldas. A disputa que o trovador ouvira tinha-se alevantado entre o coudel[259] dos besteiros de cavalo e um cavaleiro seguido de dez lanças, o qual acaudelava toda a quadrilha.

– A-la-fé, dom coudel – bradava o cavaleiro –, que não deveis passar o vau. Já vo-lo disse: a ordem do alferes-mor é que rodeemos o burgo e o castelo a dois tiros de besta das barreiras. Segui-me, ende, se vos praz.

– Não praz, por Santiago! – replicava o coudel. – Tenho andado em mais de vinte arrancadas, tanto em hoste como em cavalgada; tendo saído trinta vezes de castros e burgos, em apelido contra mouros e leoneses: nunca vi lançar esculcas para vigiarem sagas de mesnada ou barbacãs de castelo. Que Satanás?! O infante não vem, creio eu, de Guimarães, mas para lá se encaminha: ao menos assim no-lo dizem. E não havemos de atalaiar bosques e pacigos além Madroa?

– Fu, fu, perro e vilão que és! – murmurou o cavaleiro. – Vedes vós – prosseguiu ele falando com os seus homens de armas – como vai ancha[260] e crescida a ousadia dos peões? Culpa tem quem fia deles cavalo, saio e cervilheira como a uma nobre lança. Ai, meu mano – acrescentou dirigindo-se de novo ao coudel – digo-vos eu que não passareis o vau.

– Somos homens de rua – retrucou o coudel encolerizado –, burgueses por nossa carta de privilégio e bom foro; e a nenhum de nós pode ser dito *fu, fu, perro e vilão* sem vilta e afronta de vinte soldos de pena. Aqui está Pedro Amarelo, mestre armeiro; Ruderico Spassandiz, mestre ferreiro; Sandamiro Eiriz, mercador, e eu, Gavino Pais, que valho por qualquer deles. Tende tento, senhor cavaleiro, com vossas falas, que podeis amanhã ouvi-las mais pesadas da boca dos alvazis.

– Estais bravo, dom coudel! – acudiu o cavaleiro, que porventura não achara inteiramente infundada a advertência do besteiro. – Foi por chança que o disse. Deus me livre de doestar tão honrados burgueses! Mas dir-vos-ei agora por que não passaremos o vau. Sabeis o que vai de novo?

A esta pergunta ninguém respondeu: mas homens de armas e besteiros pararam, apinhando-se à roda do que falava.

– Vai, que entre os ricos-homens da corte há quem pense em fazer deslealdade à nossa mui excelente rainha, e o nobre conde de Portugal e Coimbra quer talvez colhê-los às mãos.

---

259. Antigo capitão de cavalaria
260. Soberba

— Mas por que credes vós isso? – interrompeu o coudel.

— Porque o alferes-mor me jurou que eu expunha a cabeça se alguém passasse por nós vindo do burgo, que não fosse logo tomado, ou se me afastasse além das barreiras um tiro de balista[261]. Que significam semelhantes disposições, senão o intento de colher às mãos os desleais?

— Isso agora é outro falar – rosnou o coudel. – Em tal caso... é claro...

A quadrilha havia seguido de novo sua rolda, e o trovador só pôde perceber mais essas poucas palavras truncadas.

Encostado a uma árvore com a rédea do ginete no braço, o cavaleiro ficou embebido em cogitações. Um acaso lhe dera a conhecer a impossibilidade de pôr por obra os seus intentos, se ainda na seguinte noite durassem as precauções de que ouvira falar. Mas donde haviam nascido as suspeitas que despertaram ali a tal ponto os receios do conde de Trava? Tê-lo-iam reconhecido através do seu disfarce? Fora acaso ouvida a conversação que tivera com o Lidador? Perdia-se num mar de conjeturas, e sucessivamente imaginava e desfazia mil alvitres para salvar Dulce, para cumprir sua promessa e ver coroado seu amor; mas, no meio da agitação em que o lançara a nova que escutara, baralhavam-se-lhe cada vez mais os pensamentos tumultuosos. Lembrou-se de voltar a Guimarães, mas nem já, provavelmente, a entrada era fácil, nem ele podia deixar de se dirigir ao arraial do infante a dar conta da missão de que se encarregara. Assim, posto que vivamente inquieto, cavalgou de novo, e breve se achou fora da extensa selva que naquela época se estendia ao norte de Guimarães.

Enquanto neste famoso castelo e no seu burgo se passavam os acontecimentos cuja narração procuramos fazer ao leitor nos antecedentes capítulos, o fogo da revolta estendia-se largamente por quase todos os distritos do condado de Portugal. O campo de Afonso Henriques aumentava diariamente com as bandeiras das beetrias e concelhos, com os homens de armas dos coutos e honras dos mais ilustres ricos-homens, e com muitos alcaides de castelos do próprio infantático ou realengo de D. Theresa. Assim, ao passo que o conde Fernando Peres chamava os cavaleiros da Galícia e das outras províncias de Espanha para se defender, a guerra ia mudando o seu caráter de luta civil em luta de independência, e fazendo com que o espírito de individualidade nacional se desenvolvesse e fortificasse.

A pouco mais de três léguas de Guimarães, Egas encontrou os esculcas e almogaures de D. Afonso. O arraial alvejava sobre os visos de uma serra com os arrebóis da manhã, e as armas polidas cintilaram em breve aos primeiros raios do sol oriental. O cavaleiro, tendo-se dado a conhecer, atravessou por entre as tendas e chegou ao pavilhão do moço príncipe, que já se achava em conselho com o arcebispo de Braga e com outros prelados e barões.

Aí deu conta do que pudera alcançar das disposições tomadas pelo conde de Trava para a defesa, do grande número de lanças estrangeiras juntas em Guimarães e das fortificações, acrescentadas às já tão formidáveis do castelo e alevantadas de novo em roda do burgo.

---

261. Máquina de guerra com que se arremessavam pedras e flechas

– Mas essas torres e engenhos – dizia ele – não creio tenhamos de as combater, porque se diz que Fernando Peres pretende vir conosco a lide em campo; e a avultada soma de cavaleiros que se acham em Guimarães e o pequeno número de peões e besteiros são disso evidente sinal.
– E Gonçalo Mendes da Maia? – interrompeu o velho aio Egas Moniz. – Por que se conserva um dos mais esforçados e poderosos fidalgos de Portugal entre os inimigos do infante? Viste-o? Alcançaste acaso saber quais eram seus intentos?
– Os seus intentos foram o impedir a guerra entre homens da mesma fé e da mesma linhagem: hoje a sua lança será a primeira que se enriste nessas lides que Deus quis fossem inevitáveis.
Estas palavras proferia-as um cavaleiro que afastara o reposteiro da entrada da tenda e, cruzando os braços, aí ficara parado.
Era o senhor da Maia.
O sobressalto foi geral. O trovador correu para ele e, depois de o abraçar, tomando-o pela mão o fez aproximar do infante.
– Eis aqui – disse – um dos vossos mais reais ricos-homens. No momento do perigo ele não podia faltar-vos.
– Ao menos não foi por culpa do filho de Pedro Froylaz – interrompeu o Lidador sorrindo. – Se por inesperado meio a Virgem me não salvara, a estas horas a minha morada seria a masmorra do castelo de Guimarães, e a minha esperança de liberdade a tumba que dentro em pouco me levaria o cadáver a soterrar na galilé do mosteiro de D. Muma.
O súbito aparecimento de Gonçalo Mendes e ainda mais as suas palavras, até certo ponto ininteligíveis[262], excitaram vivamente a curiosidade do infante e dos seus prelados e cavaleiros. O nobre barão satisfez essa curiosidade narrando não só o que se passara no ajuntamento da cúria, mas tudo o que depois sucedera, e como o bobo o salvara e a Frei Hilarião.
– O pobre Dom Bibas – concluiu ele – cumpriu à risca o que prometeu. O vilico da honra e solar da Maia e os vinte cavaleiros meus acostados vieram sucessivamente ajuntar-se conosco à saída do subterrâneo. O bobo lhes deu passagem pouco a pouco, e até vi com espanto que o último me conduzia a destro o meu cavalo de batalha. Deixando os homens de armas acompanhando o virtuoso monge, adiantei-me à rédea solta em busca do arraial do meu senhor infante para lhe dizer: "Guimarães será vosso logo que vos aprouver!"
– Sabia que vos encaminháveis por esta parte, posto que mais longe vos supunha. Agora – acrescentou voltando-se para o arcebispo –, reverendíssimo padre, por mercê mandai um de vossos palafrens ou mulas de corpo, em que possa cavalgar o mui honrado abade do mosteiro de D. Muma, que, velho e trôpego, malvencera até aqui, a pé, os montes e vales, algares e serranias.
– Não terá de vir tão longe – respondeu o senhor de Cresconhe –, com o favor de Deus, espero que nós todos vamos bem depressa encontrá-lo.
O bom do aio era de opinião que sem tardança se acometesse Guimarães, e a preponderância de que gozava no concelho fazia-lhe tomar muitas vezes o seu parecer singular por uma resolução comum e definitiva.

---

262. Que se entende com facilidade

– Por essas palavras – replicou o Lidador – vejo que a vossa intenção é fazer encurvar brevemente ao redor das altas muralhas de Guimarães as bestas e arcos e as manganelas arrojarem contra os eirados de suas torres as pedras e as setas de fogo se, o que não creio, o lobo-cerval da Galícia deixar que o cerquem no covil em que veio aninhar-se neste nosso Portugal. Mas se quiserdes ouvir-me...
– Sabemos, sabemos o que nos ides dizer – atalhou o arcebispo de Braga, D. Paio, que, êmulo do velho Egas Moniz de Riba de Douro, não perdia ocasião de mostrar a sua influência, e a capacidade política e militar de que era dotado. – Com cem homens de armas e no silêncio da noite abrir-nos-eis, sem combate, senão as barreiras e portas do real castelo, ao menos o caminho dele.

Aludindo à passagem subterrânea por onde o Lidador se tinha salvado, o guerreiro prelado pronunciara com ênfase particular a palavra "caminho".

– Perdoai-me, reverendíssimo padre, outro era o meu pensamento. Na escala arvorada aos muros, sob a vínea ou gato rolando para eles, nas trevas noturnas salteando de improviso pelo subterrâneo os cavaleiros do conde de Trava, ou finalmente em recontro de lide campal, estou prestes para combater a todo o transe. Mas é em nome da paz que ainda falarei uma vez...

O infante, que até então estivera calado, ouvindo os seus *optimates*[263], pôs-se em pé e, com as faces abrasadas, apertou o punho da espada e bradou:

– A paz!? Oh, isso nunca!

– A paz – insistiu o Lidador com firmeza – como eu a pedi mil vezes na cúria de vossa mãe. Que o conde vos ceda a herança de meu senhor D. Henrique; que D. Theresa ceda a seu nobre filho o senhorio desta terra de cavaleiros!... Que um mensageiro vá em nome do infante e dos fidalgos de Portugal propor estas condições, antes de as oferecermos nas pontas das lanças. Ainda uma vez o requeiro, em que pese aos que ousarem acusar-me de desleal, porque guardo o esforço para o momento das obras, e desprezo o que se revela em feros e ameaças antes de combater.

O rico-homem olhou em roda com ar altivo. Alguns dos barões do concelho cravaram a vista no chão.

– Mas lembrai-vos – atalhou Afonso Henriques – de que a memória de muitos anos de opróbrio só pode derriscá-la o sangue correndo abundante em campo de lide.

– E vós, senhor, não vos esqueçais de que também nessa primeira batalha o sangue que há de correr será dos vassalos e dos peões, cujo príncipe sois: o sangue de cristãos e não de agarenos e ismaelitas.

O infante ficou por algum tempo mudo: depois fitou os olhos no seu velho aio, que lhe fez um leve sinal de assenso.

– Seja, pois, como pretendeis – disse ele por fim –, ainda que tenho por certo será uma bem inútil mensagem. Ao menos meu primo el-rei de Leão, que tão contrário se nos mostra, saberá que procurei evitar a guerra.

– E quem há de ser o mensageiro? – perguntou o arcebispo de Braga, D. Paio, que no gesto carrancudo dava sinais de estar mais longe do espírito do evangelho que o duro e impetuoso Gonçalo Mendes.

A narração que fizera o Lidador convertera em certeza as desconfianças que

---

263. Os grandes, os magnatas de uma nação

o trovador concebera de alguém o haver conhecido na corte, apesar do seu disfarce. O coração palpitava-lhe ao lembrar-se da promessa que fizera a Dulce, e de que ainda quando lhe restasse esperança de poder voltar a Guimarães sem cair nas mãos do feroz conde de Trava, nenhuma podia ter de salvar a sua amante: a proposição do Lidador lhe reanimou, porém, as quase mortas esperanças. Adiantando-se, pois, disse:

— Se ao ilustre infante aprouver, serei eu que vá a Guimarães com essa mensagem. Pouparei ao conde de Trava o trabalho de por mais tempo me procurar debalde.

— Bem dito, meu colaço[264]! — bradou o infante. — É de esforçado cavaleiro ir afrontar o inimigo entre os seus homens de armas; mas não consinto que vos arrisqueis de novo à cólera dos estrangeiros. Outrem irá agora em vosso lugar.

O trovador aproximou-se então de Afonso Henriques e, voltando-se para os prelados e barões:

— Depois de três anos de ausência — disse com visível agitação — voltei a Portugal para servir na paz ou defender na guerra o filho de meu senhor. Como o ceifeiro que abandonasse a seara quando as espigas se lhe ofereciam mais bastas e formosas, assim eu abandonei as pelejas da Terra Santa quando mais douradas esperanças me prometiam larga colheita de glória. Fi-lo por ser leal ao meu preito e à fraternidade das armas. Dizei vós se o infante de Portugal me deve por isso algum prêmio?

Afonso Henriques fez sinal de silêncio estendendo a mão para o senhor de Cresconhe, que ia talvez repreender seu primo desta intempestiva pretensão, e respondeu:

— Não precisais de requerer aos filhos dos bem-nascidos que julguem vossa demanda, como é foro de Espanha. Confesso o direito que tendes, e juro que a recompensa será qual vós a pedirdes.

— Ouvistes, senhores prelados e barões? — interrompeu Egas com viveza. — É um juramento de infante. O galardão[265] que peço é que me deixeis seguir esta aventura da embaixada. Não podeis já refusar-mo.

— Seja assim pois — replicou o infante —, e a mãe de Deus e o santo apóstolo das Espanhas vos guardem do perigo, que voluntariamente buscais, meu bom cavaleiro.

Neste momento um pajem veio anunciar a chegada ao arraial de cem vilões da beetria de Britiande, oitenta flecheiros e vinte besteiros, cujos brados selvagens de guerra começavam a soar ao longe como um trovão rebombando no vale. O infante correu a vê-los, enquanto os do concelho instruíam o trovador da forma em que devia propor sua mensagem. Ao perpassar, Afonso Henriques apertou com força a mão de Egas, e disse-lhe em voz baixa: "Egas, eu não quero perder-te! lembra-te do teu irmão de armas".

Daí a pouco tempo, o cavaleiro voltava para Guimarães, montado em mula robusta, e seguido de um pequeno pajem, que cavalgava o seu ginete de batalha, e de seis acobertados trajando saios e cervilheiras, tudo segundo o costume daquela época. Qual seria o tumulto de afetos que passavam pela alma do mancebo, facil-

---

264. Cada um dos indivíduos que, não sendo irmãos, mamaram do mesmo leite; irmão de leite
265. Reconhecimento e/ou compensação por serviços de um valor muito elevado

mente suporá o leitor. Todos eles se resumiam num só: o de tornar a ver Dulce. Era este o único ponto que descobria no horizonte do seu futuro, e era este unicamente que ele queria descortinar. O resto pertencia à ventura.

Entretanto, nos paços de Guimarães o conde de Trava rugia de fúria e pesar. Pelo quarto de modorra fizera acometer por cem cavaleiros a pousada do Lidador e de alguns outros fidalgos de Portugal que supunha aditos ao moço Afonso Henriques. A morada, porém, do senhor da Maia estava deserta. Sabendo tal nova, ele próprio correra ao mosteiro de São Salvador, ou de D. Muma, resolvido a arrancar com tormentos da boca do velho abade a revelação do lugar onde o rico-homem se escondera. Era impossível que Gonçalo Mendes houvesse escapado com os seus por meio dos vigias e roldas, e porventura Fr. Hilarião lhe dera acolheita. Com admiração dos monges e dobrado furor do conde a cela do reverendo abade estava deserta. Fernando Peres corria com olhos chamejantes[266] as vielas estreitas e tortuosas do burgo. Na desesperação que o ralava, o seu primeiro ímpeto fora mandar decepar as cabeças a alguns simples cavaleiros que haviam sido presos, e muito a custo o generoso alferes-mor impedira este ato de inútil barbaridade. Burlado[267] até na esperança de colher às mãos o audaz primo do senhor de Cresconhe, Egas, que ele supunha em Guimarães, e para achar o qual tinham sido vãs as mais severas pesquisas, a raiva do nobre conde de Portugal e Coimbra subira a indizível grau de violência.

O desfecho do drama, que se preparava havia tanto tempo, estava próximo: a tempestade acastelada no horizonte ia estourar enfim. Pela madrugada daquela mesma noite alguns espias chegaram trazendo a nova da aproximação da hoste inimiga. Segundo eles diziam, a sua força era principalmente de peões: os concelhos tinham armado os homens livres e os de criação ou servos que habitavam nos povoados principais e nos alfozes ou aldeolas comarcãs. Os senhores de coutos e honras haviam na verdade trazido alguns besteiros de cavalo e de pé: mas as peoadas concelheiras formavam o grosso da mesnada, e entre ricos-homens, infanções, escudeiros, cavaleiros de soldo ou acostados e almogaures, os homens de armas eram muito menos numerosos no arraial do infante que dentro dos muros e barreiras do castelo e burgo de Guimarães.

Fora sobre este resultado da revolta que Garcia Bermudes e Fernando Peres tinham alevantado desde o princípio a máquina das suas traças guerreiras. Longe de esperarem ser acometidos atrás de muros e barbacãs, onde se lhes tornava inútil a superioridade da cavalaria, convinha-lhes acometer os contrários em campo aberto, aí a vitória parecia segura. Naquele tempo os peões ou infantaria, chusma indômita[268], rude e mal-armada, era tida em nenhuma conta, e nos arrolamentos dos exércitos quase que não se contava senão com o número das lanças.

A certeza obtida enfim daquelas circunstâncias, que podiam produzir para o infante a desonra e a morte no momento em que chegava às cercanias de Guimarães no meio de sonhos de ambição e de esperanças de glória, mitigou

---

266. Que lança chamas; ardente; afogueado
267. Enganado
268. Qualidade de indomado; particularidade do que não se pode domar; indomável; bravo ou selvagem

algum tanto o furor do conde de Trava. Posto que ainda carrancudo, passeando na sala de armas rodeado dos seus cavaleiros, ele dispunha tudo para sair a campo. Pelas escadas dos paços viam-se descer e subir os pajens, levando peças de armadura lisas e polidas, outros arrastando os pesados saios e cervilheiras de camalho[269], tecidos de grossa malha de ferro, para se distribuírem pelos homens de armas de soldo e pelos cavaleiros e peões. A signa real da bela infanta se plantara diante das barreiras; os balsões variegados[270] dos cavaleiros de solar e linhagem enfileiravam-se já após essa bandeira para um e outro lado; e os tambores ou timbales mouriscos, adotados entre os cristãos, começavam a soar pelo burgo, convocando a gente de guerra em volta de seus pendões. Os rostos dos duros homens de armas da Galícia, Aragão e Castela, ferozmente alegres, sorriam com a esperança da festa de sangue que nesse mesmo dia porventura os aguardava.

No meio, porém, do nitrir[271] dos cavalos, do redemoinhar do pó, do lampejar dos capelos ou elmos[272] brunidos[273], do vozear dos cabos das quadrilhas, um som agudo e prolongado de buzina sobrelevou por cima de todo esse ruído. Vinha da orla do bosque vizinho do vau do Madroa, e tirava-o um cavaleiro, seguido de um pajem e seis lanças, o qual se dirigia evidentemente a Guimarães, e com aquelas toadas parecia anunciar intenções de paz. Dois almogaures saíram a reconhecê-lo; e, depois de falarem com ele poucos instantes, voltaram dizendo ser o recém-vindo um fidalgo que da parte do infante trazia mensagem à mui excelente rainha e ao nobre conde de Trava.

Era Egas. Atravessando rápido a distância que mediava entre o castelo e o arraial, ele chegara, muito antes que o sol subisse ao zênite, ao termo da sua viagem. O coração batia-lhe com força. Ainda talvez visse Dulce! Eis o pensamento a que se limitavam já suas esperanças, porque a missão de que se encarregara era terrivelmente arriscada. Durante o caminho fora que ele medira a extensão dos perigos a que se expusera; mas a imagem de Dulce varria-lhe da alma o temor. Jurara a seus pés voltar nesse dia: e, para não ser perjuro, que lhe importava afrontar a cólera do senhor de Trava e o ódio profundo que devia devorar o coração de Garcia Bermudes? E todavia a mensagem que trazia, mais de guerra que de paz, forçosamente havia de despertar aquela cólera, e a sua presença este ódio, a ponto que não era fácil prever qual seria o modo por que sairia do passo estreito em que se aventurara.

Ainda essas cogitações o agitavam, quando ao lugar onde esperava, fora das barreiras, a licença para se apresentar perante a rainha e o conde, chegou o pajem Tructezindo, que o leitor já conhece, e falou com os homens de armas que rodeavam a cavalgada dos recém-vindos. A entrada do burgo e castelo lhes era franqueada, e Fernando Peres esperava o trovador para ouvir sua embaixada. O cavaleiro atravessou então, seguido dos seus, a ponte levadiça da cárcova, e, passando além

---
269. Peça da armadura que, cobrindo o elmo, descaía sobre os ombros
270. Ornados de cores diversas
271. Relincho
272. Proteção de uma armadura, com viseira e crista, que protegia cabeça e rosto
273. Lustrado, polido

da grossa cinta dos muros e torres do castelo, encaminhou-se para a sala de armas dos paços da bela infanta de Portugal.

XIII

A boa corda de cânhamo de quatro ramais

*A*situação de D. Theresa, quando o trovador entrou em Guimarães, era na verdade terrível. A cólera que nessa noite transbordara do coração do conde, e a sede implacável de sangue e de vingança que o devorava fizeram conhecer claramente à rainha que para Afonso Henriques não havia esperar dele nem paz nem perdão. Esta certeza avivara, enfim, na sua alma os sentimentos de mãe, sentimentos que já não podiam ser para D. Theresa senão uma nova causa de desventura. Tinha jurado perante os cavaleiros do conde sair com eles à lide e, quando ousou falar de reconciliação, o senhor de Trava com palavras de respeito hipócrita e de verdadeiro escárnio lhe recordou a promessa que tão recentemente havia feito. Subjugado pelo predomínio infernal que nele alcançara Fernando Peres, aquele pobre coração de mulher, que cria sentir em si os brios de um coração de homem, sabia apenas despedaçar-se numa contínua alternativa de afetos. Temendo que as suas palavras revelassem ao mensageiro do infante a fraqueza materna, o filho de Pedro Froylaz lhe proibira o escutá-lo, reservando para si o rejeitar todas as proposições que não fossem as de completa obediência. Quando, porém, soube quem era o cavaleiro que trazia a mensagem, o conde não pôde deixar de sorrir da audácia insensata do mancebo. Apesar do silêncio que o generoso Garcia Bermudes guardara acerca dos amores de Dulce, o conde concebera veementes suspeitas da existência destes. A vinda de Egas a Guimarães disfarçado podia ter bem diverso motivo: mas a indiferença da filha de D. Gomes Nunes para com a paixão do alferes-mor, de um homem que aliás ela parecia prezar; a missão inútil que este dera a Tructezindo, e que o falador e inquieto pajem não tardara a relatar ao seu poderoso parente e senhor; o empalidecer de Garcia Bermudes apenas ouvira proferir o nome de Egas Moniz; tudo isto foi para ele um raio de luz. Resolveu perscrutar[274] o efeito que a presença do cavaleiro produziria no alferes-mor. Era o

---

274. Examinar

modo de verificar as suas suspeitas; e por isso lhe ordenou o acompanhasse com outros fidalgos à sala do conselho, onde devia receber a mensagem do infante.

Tal é o caráter das almas vingativas que, se nas mais graves situações da vida se lhes oferece o ensejo de uma vingança mesquinha, seguem este ensejo com o mesmo ardor que empregam naquilo a que estão ligados os seus mais importantes interesses. A ideia de atormentar Egas, o pupilo querido do odioso senhor de Cresconhe, e de achar talvez na revelação do amor do mancebo pretexto para faltar à fé que devia a um mensageiro indefenso, por isso mesmo que era uma ideia vil e maligna, se lhe tornava numa espécie de deleite e remanso no meio da tempestade que lhe agitava o ânimo.

Entrando na sala, onde o conde, em pé e rodeado dos mais ilustres barões, o esperava, o trovador se dirigiu para ele com passo seguro e gesto altivo. Parou, fazendo uma leve inclinação de cabeça. Depois, mirando em roda, os seus olhos se encontraram com os do alferes-mor, cujo cargo o lugar que ocupava junto ao conde suficientemente indicava. Tanto os de um como os do outro pareceram lampejar: abaixaram-nos ao mesmo tempo. O rosto de Garcia Bermudes empalideceu: ao de Egas subiu a vermelhidão da cólera. "O ódio de Garcia Bermudes é mais profundo", pensou Fernando Peres, que os observara. "E com razão, ele é desprezado." As suas suspeitas realizavam-se.

Imóvel, calado, e alçando de novo os olhos para os fitar no conde de Trava, Egas Moniz esperava que este o mandasse falar.

– Dói-me, senhor cavaleiro – disse o conde –, que os paços de Guimarães vos não possam receber como hóspede e amigo. Má demanda voz traz aqui por mensageiro de rebeldes, se não é que em nome deles vindes implorar a piedade da mui excelente rainha de Portugal, que me ordenou recebesse vossa mensagem.

– Ao que vim dir-vo-lo-ei, senhor Fernando Peres de Trava – respondeu Egas. – Pelo antigo foro dos nobres homens de Espanha, e pelo foro dos francos; como filho de um barão leonês e como filho de um barão de Borgonha; por uso e lei de aquém e de além serras, toca a herança da honra de Portugal ao mui ilustre infante D. Afonso. Não venho em nome de rebeldes. Ricos-homens e infanções, burgueses e vilões desta boa terra me enviam dizer à mui excelente rainha e a vós, senhor de Trastamara, conde de Trava, prestameiro do castelo de Faro, nobre homem da Galícia, que doravante o filho do conde Henrique é o senhor de Portugal. D. Afonso oferece a sua mãe os direitos, vilas e caracteres do infantático, e a vós livre passagem para o solar e honras de vossos antepassados. Dói-me também, senhor conde – acrescentou o cavaleiro –, de ser eu quem vos houvesse de trazer tão desagradável mensagem.

– Acabastes? – interrompeu Fernando Peres com voz presa e um leve tremor de lábios.

– Ainda não – prosseguiu Egas Moniz. – Devo também declarar-vos que, se recusais a paz, amanhã diante deste castelo, ou sobre os seus próprios muros, se pelejará brava lide, lide que durará até que o juízo de Deus resolva de que lado está a justiça, de que lado a iniquidade[275].

– Mais nada? – perguntou de novo o conde com um sorriso indizível de

---

275. Injustiça

escárnio.

– Só uma coisa, senhor conde de Trava – respondeu o cavaleiro com alguma perturbação. – A vós e à rainha era dirigida esta mensagem. Vós tende-la ouvido: resta que ela a ouça: Ser-me-á permitido falar-lhe?

– Antes disso, cavaleiro – replicou o conde, em cujo rosto transparecia a luta que tinha consigo mesmo para conter o furor que lhe cintilava nos olhos –, antes disso cumpre advertir-vos uma coisa. Conheço-vos; de sobejo vos conheço eu! Mas não basta vosso simples testemunho e vosso ar altivo para vos crermos mensageiro do mancebo Afonso Henriques, que se intitula senhor e infante de Portugal; mensageiro dos ricos-homens, infanções e concelhos que dizeis vos enviaram. Quem pode afirmar que um homem é o que parece? Muitas vezes motivo oculto obriga o cavaleiro a vestir as bragas[276] de almáfega[277] e o zorame de burel do peão; muitas vezes o vilão ousa trajar o saio escudado de cavaleiro e pôr sobre a cabeça o capelo de ouropel. Para responder ao que dissestes, por mercê mostrai-me a vossa carta de crença.

Estas palavras do conde foram vibradas com um sorrir tão [278]desusado que o trovador precisou de toda a energia de que naturalmente era dotado para disfarçar a impressão que na sua alma elas haviam produzido. Eram demasiado claras para não as entender. Teria sido atraiçoado por Abul-Hassan? Tremeu ao pensar em Dulce. Sem replicar, tirou do peitilho do saio um pequeno pergaminho dobrado e apresentou-o ao conde, o qual o passou às mãos do reverendo Martim Eicha, que exercitava então o ofício de chanceler.

– Em termos, e sem dúvida – murmurou o cônego examinando a escritura. – Nada falta: sinais, notário e testemunhas.

– De quem são os sinais? – perguntou Fernando Peres, sem tirar os olhos do cavaleiro cada vez mais perturbado.

– De D. Afonso – respondeu Martim Eicha. – É o seu rodado e a cruz, tudo ao que parece feito por quem pintou a carta, que diz ser e me parece escrita da mão de Pedro, o chanceler do infante...

– Infante?! – interrompeu em voz baixa o conde, batendo com força no punho da espada.

– Item – prosseguiu o cônego – de D. Paio, que louva e confirma...

– Do arcebispo de Braga? Vinga-se da prisão em que o teve a rainha. Como sempre, revoltoso e intrigante. Continuai.

– E de Fernando Cativo, alferes-mor de Portugal, diz a segunda regra dos que confirmam do lado direito.

– Mente! – retorquiu o conde em tom já mais alto e colérico. – O alferes-mor de Portugal está a meu lado, e não é um miserável traidor. Lede.

– E de Egas Moniz de Cresconhe, mordomo da cúria.

– Da cúria dos sandeus e vis! – atalhou o conde, cujo furor continuava a aumentar. – Velho infame, movedor principal da revolta!

– E de Gonçalo Mendes, rico-homem...

---

276. Argola de ferro que prendia o tornozelo dos condenados a trabalhos forçados
277. Pano grosseiro de lã
278. Que não se usa mais

– Quê!? – bradou Fernando Peres, arrancando o pergaminho das mãos de Martim Eicha e olhando espantado para aqueles caracteres, que a sua ignorância de nobre lhe não consentia entender. – Ele no campo de D. Afonso!? Ele também mandou escrever seu nome nesta carta de crença?! Não é preciso ler mais. Mensageiro, que vieste afrontar-me, sai já de Guimarães, porque te juro que não falarás à rainha; que não falarás aos traidores que talvez buscavas; porque traidores andam no meio de nós! Vai dizer aos vilões que te mandaram, e aos cavaleiros mais vilões do que eles, que eu, conde de Portugal e Coimbra, os desprezo; que, se ousarem aproximar-se de Guimarães os mandarei desarmar pelos meus cavaleiros e arrancar-lhes os olhos pelos meus cavalariços e servos. Entendes? É isto o que lhes deves dizer, e dá graças a Deus de não começar por ti o castigo de desleais.

Durante a leitura do reverendo cônego de Lamego a perturbação de Egas se havia asserenado com as observações violentas do filho de Pedro Froylaz, que pouco a pouco a tinham convertido em indignação. Esta subira de ponto com as suas derradeiras palavras: o cavaleiro conteve-se, todavia.

– Senhor conde de Trava, não creio digno de um nobre-homem de Espanha gastar afrontas inúteis contra os que não podem responder-vos. Pedistes-me as provas do que afirmava. Dei-vo-las. O recusar admitir-me à presença da rainha podeis fazê-lo; mas faltareis à lealdade que deveis a vossa senhora.

– E quem te deu o direito, miserável, de me ensinar meus deveres? – bradou o conde furioso. – Quem te assegura, vil toupeira que minas no silêncio da noite o chão que pisamos, porque não ousas mostrar à luz do dia a fronte covarde, que sairás a salvo de Guimarães sem que te faça arrancar a língua insolente? Tu, que ousas falar de lealdade, a que vieste ontem a este castelo como um salteador noturno? Mas ontem como hoje os teus passos foram perdidos! A minha resposta aos conselhos que me dás é esta: servirá ao mesmo tempo de resposta aos que te enviaram.

Ao ouvir as últimas frases, o trovador sentiu fustigarem-lhe as faces os fragmentos do pergaminho, que o conde despedaçara entre as mãos.

O lume fugiu dos olhos a Egas. Era uma afronta monstruosa a que recebera. Recuou: os dentes rangiam-lhe como num acesso febril.

– Infame e covarde és tu, vilão da Galícia! – gritou ele. Infame porque vendeste o teu corpo como uma mulher perdida; covarde porque só sabes injuriar no meio destes lebréus esfaimados[279] que te cercam. Salteador és tu que roubas a nobre terra de Portugal a seu verdadeiro senhor. Assassino, levanta esse guante se ousas!

E atirou a luva aos pés de Fernando Peres.

– Alevantarei eu o teu guante, cavaleiro Egas Moniz! – exclamou Garcia Bermudes adiantando-se. – A lança e a espada do nobre conde de Portugal e Coimbra não devem cruzar-se com as tuas. Senhor conde, uma estacada e nomeai os juízes do campo.

A raiva sufocava e tolhia a fala do conde de Trava, cujos olhos banhados de fel pareciam não lhe caberem nas órbitas: estendeu apenas a mão trêmula e contraída fazendo sinal que recusava. O seu terrível silêncio durou por alguns ins-

---

279. Que ou quem tem muita fome; faminto, esfomeado

tantes. Quem se atreveria a quebrá-lo?

Finalmente aquela espécie de espanto terminou por uma risada medonha. Uma escuma ensanguentada borbulhava-lhe dos cantos da boca, e pendurava-se-lhe em glóbulos cor-de-rosa na barba negra e revolta.

– Uma estacada, alferes-mor? – rugiu ele empurrando para trás com violência Garcia Bermudes. – Estacada e juízes? Uma das ameias da torre albarrã será a estacada: o algoz, o reptador e o juiz. O cepo e o cutelo são para ricos-homens: este sandeu, enforquem-no como um cão ismaelita! Homens de armas, lançai-mo na prisão do alcaide no fundo da cárcova!

Egas olhara em roda. Estava só: os seis almogaures haviam sido retidos no pátio exterior. Ainda tentou defender-se; mas, oprimido pelo número e desarmado em breve, arrastaram-no para fora da sala. A imagem de Dulce lhe apareceu então serena e pura: um gemido de desesperação lhe fugiu do peito. Este gemido de desalento era o derradeiro adeus que lhe enviava. Entre ele e a sua amante a morte e a ignomínia se tinham naquele momento assentado.

O alferes-mor seguiu com os olhos o trovador. Tinha ficado imóvel enquanto durou aquela luta desonrosa para Fernando Peres e para os seus cavaleiros. No gesto do generoso Garcia pintavam-se ao mesmo tempo a vergonha, o ódio e a piedade. Ele quisera vingança; mas repugnava ao seu coração uma vingança atroz e covarde.

Apenas Egas saiu entre os homens de armas, o conde voltou-se sucessivamente para Martim Eicha, para o vilico do castelo e para os cavaleiros que o rodeavam.

– Senhor capelão-mor, tende pronto um monge de São Salvador para esta noite confessar um homem que antes do romper da alva deve ter legado seu cadáver às aves do céu. Senhor vilico, tende prontas três braças de boa corda de cânhamo de quatro ramais. Que seja sã e forte: não defraudeis[280] por mesquinha essa parte da herança que hoje receberá o algoz do castelo. Bem sabeis que por costume lhe pertencem a corda da justiça e as roupas do justiçado! Senhores cavaleiros, breve nos veremos: agora se voz praz, podeis retirar-vos.

Logo que se achou sozinho, o conde atirou-se a uma cadeira de espaldar apertando a fronte entre as mãos: as artérias pulsavam-lhe com violência e o coração, agitado por paixões más e por temores bem fundados, batia-lhe apressado. Havia na série dos sucessos daquele dia e do antecedente algumas circunstâncias ininteligíveis, algumas lacunas tenebrosas que não podia aclarar. Como escapara o Lidador com os seus vinte acostados e com Fr. Hilarião? Alguém favorecera essa fuga. Mas quem? Vinham-lhe à ideia os desejos que D. Theresa mostrara de reconciliação e as diligências que fizera Garcia Bermudes para salvar os cavaleiros presos nessa noite, os quais ele no seu furor quisera meter a cutelo. Chegou a desconfiar da rainha e do alferes-mor: e estas desconfianças eram um tormento infernal. Traído por eles, quem lhe restava? Se ao menos pudesse dizer-lho, pedir provas da sua lealdade! Era uma ideia insensata. Refugiu dela com horror. A própria imaginação se lhe convertera em verdugo implacável, e a alma dura e orgu-

---

280. Privar dolosamente de

lhosa do filho de Pedro Froylaz debatia-se no meio dos seus receios, como se em longo pesadelo visse surgir ao redor de si todos aqueles a quem o prendiam mais estreitos laços, convertidos por feitiçaria diabólica em disfarçados mas implacáveis inimigos. Estas dúvidas terríveis se modificaram, porém, com a lembrança das probabilidades que tinha de triunfar do infante. Depois da vitória ele obteria facilmente do imperador Afonso de Leão os condados de Portugal e Coimbra como feudos reais, e então, arrancando a máscara de um amor que expirara, usaria como senhor do poder que muitas vezes se via constrangido a deixar vacilante nas fracas mãos da infanta-rainha.

No meio de semelhantes reflexões o conde não se esquecera do mensageiro cativo. No seu ódio contra a família de Riba de Douro, ódio que naquele momento parecia acumular-se todo sobre a cabeça do desgraçado mancebo, não lhe bastava assassiná-lo: era preciso ajuntar à morte a ignomínia; por isso o condenava ao suplício dos peões e servos. O cadáver de Egas, pendurado dos muros do castelo, seria uma prova terrível de que entre o infante e a rainha estava o senhor de Trava; e que a significação deste nome era a de uma guerra de extermínio.

Na série dos pensamentos que em turbilhões passavam pelo espírito de Fernando Peres, surgiu um tenebroso e maldito que fez sorrir o perverso. Era um oásis em que a sua alma, correndo despeada por deserto ardente de temores, incertezas e agonias, se reclinava para repousar voluptuosamente. O momento de entregar Dulce nos braços de Garcia Bermudes tinha, finalmente, chegado.

Quando Egas entrou na sala do conselho, onde já o alferes-mor se achava, o conde se confirmara até certo ponto nas suas suspeitas: lera no gesto de um e de outro que eram de feito rivais. A ideia de prender a si o esforçado aragonês, fazendo-lhe obter a mão de Dulce, já não era o principal motivo que obrigava Fernando Peres a ocupar-se de alheios amores no meio dos sérios cuidados que o cercavam. Havia nisso mais graves razões.

Cumpria-lhe vencer a resistência de uma herdeira ilustre e fazer calar a repugnância da rainha diante da sua forte vontade. Naquela época, um dos privilégios mais importantes, introduzidos na Espanha pela influência feudal dos costumes francos, tendentes a aumentar o poderio dos príncipes e barões, era o direito de escolher marido para as órfãs nobres, filhas de feudatários dos seus estados ou senhorios. Este direito, conhecido na França pelo nome de maritágio[281], estabelecido depois entre nós debaixo da denominação de cartas de casamento, vigorou, estendendo-se às mesmas órfãs plebeias, pelo menos até o século XIII, posto que fortemente combatido pelas cortes ou parlamentos. Fernando Peres considerava--se já como senhor dos condados de Portugal e Coimbra, e por isso devia impedir aquele exemplo de resistência contra um dos direitos de maior valia nos novos costumes feudais, ao passo que lhe importava obrigar a rainha a ceder do próprio alvedrio num dos afetos mais profundos do seu coração, o amor que tinha a Dulce, a sua filha adotiva.

A estas considerações se ajuntava um prazer mesquinhamente ferino; e por isso no rosto do conde deslizara um sorriso atroz. Se Egas amava Dulce, ele po-

---

281. Foro que o senhor exigia a um servo pela permissão de o deixar casar à sua vontade

dia acrescentar-lhe na morte mais um martírio: se Dulce amava o mancebo, ela própria seria o instrumento desse martírio, crendo salvar o seu amante. Era um desígnio bárbaro o que o senhor de Trava formara; mas por isso mesmo deleitoso para aquela alma repassada de maldade e de fel.

Havendo saboreado por algum tempo a requintada vingança que traçara contra o nobre cavaleiro, que, provocado por uma ação brutal, tão duramente o afrontara, o conde de Trava passeou durante algum tempo de um para outro lado procurando recobrar aparente tranquilidade. Depois, encaminhando-se para uma porta exterior, chamou o seu pajem valido que poucas vezes se afastava dele. Tructezindo apareceu.

– Dirige-te aos aposentos da rainha, meu gentil sobrinho – disse ele ao pajem, pondo-lhe a mão familiarmente sobre a cabeça. – Preciso de falar com Dulce, e importa que seja breve; mas é necessário que não o saiba D. Theresa.

Tructezindo pegou no braço do tio e, levando-o para uma janela, sem dizer palavra, apontou para o jardim pênsil que dali se descobria em grande parte. Dulce, assentada à sombra de um teixo, tinha na mão uma saudade, para a qual olhava sem pestanejar, absorvida em profunda meditação.

– Bulrão! – prosseguiu o conde rindo. – Dizes que é melhor aquele lugar? Não é assim? Para ti, gentil pajem, talvez! Não para mim, que já não trato de amores, como tu, que matas as lindas donzelas com mil trovas de queixumes. Mas repara que para ser cavaleiro importa mais o jogar pontas e tavolado e encavalgar um ginete do que o aprender os cantares dos jograis e dos trovadores.

– Oh não, meu tio e senhor! – replicou o travesso rapaz. – Pelos ossos de S. Cucufate, que com tão finas artes o santo arcebispo Gelmires furtou de Braga para os levar a Compostela, vos juro que não pensava de amores. Mas como queríeis que eu pudesse falar a Dulce nos aposentos da rainha, sem que ela me enxergasse?... Àquela porta que vedes acolá – acrescentou maliciosamente – segue-se um corredor escuro, que vai da sala de armas ao jardim. Se eu soubesse quem possuía a chave iria por ali chamar Dulce.

– Vilanete! – continuou o conde no mesmo tom de gracejo. – Essa chave não sai deste cinto senão para esta mão. Querias que a fiasse de ti? Por Santiago, que não, meu gentil pajem! Atravessa os pátios do castelo; acharás provavelmente aberta a porta do jardineiro Abul-Hassan... Mas não – prosseguiu depois de pensar alguns momentos. – Melhor é que eu vá. Tu, entretanto, vê se encontras Garcia Bermudes, e dize-lhe que me espere nesta sala. Depois vai-te a folgar. Prestes, meu guapo donzel!

Dizendo isto, o conde afastou brandamente Tructezindo e encaminhou-se para a porta que o pajem lhe indicara. Tructezindo fez-lhe uma visagem, de modo que ele não o visse, e em dois pulos saiu do aposento, dando um silvo agudo que restringiu pelas abóbadas, e que se confundiu com o som da porta, que Fernando Peres, entrando no corredor escuro, cerrara após si.

O senhor de Trava entrou no primeiro jardim. Dulce conservava-se ainda no mesmo lugar e na mesma postura. Fernando Peres achava-se já ao pé dela havia alguns instantes, quando esta, alevantando os olhos, encontrou os do conde, que em silêncio a contemplava com ar risonho. A pobre donzela estremeceu: a saudade que tinha na mão caiu-lhe em terra. Mal pensava a desgraçada que assim devia em breve cair para sempre a sua última esperança de felicidade!

Dulce ergueu-se e ia partir; mas o conde a reteve e, fazendo-a de novo assentar-se, disse-lhe com brandura:

– Foges de mim, donzela? À fé que não to mereço eu. Vinha buscar-te para me queixar de me teres escondido um segredo, cuja revelação te houvera poupado amarguras e a mim um procedimento involuntariamente cruel. Quis ainda há pouco constranger-te a dares a mão de esposa ao nobre Garcia Bermudes, porque ignorava que amavas um cavaleiro que foi meu inimigo, mas que já o não é. Cria que o teu refusar nascia de um capricho infantil; não de um amor ardente. Agora sei tudo. Egas Moniz, o nobre trovador que há três anos deixou a terra em que tu respiravas para ir colher louros santos junto ao sepulcro de Cristo, voltou a Portugal, e hoje entrou nestes paços como mensageiro do ilustre infante D. Afonso. Vinha trazer palavras de amor e paz, e a paz e o amor renasceram entre a rainha e seu filho. Guerra, ódios, tudo acabou. Muitos me acusam de orgulhoso e inexorável; Egas, porém, não os creu. Declarou-me o seu amor, e D. Theresa, por meus rogos, lhe concede a sua Dulce e o solar dos Bravais. Disseste-me que não tinhas de mim préstamos: dou-te o que vale mais. Vamos, donzela, agora o rancor fora injusto. Deixa-me beijar-te a mão: é um roubo que faço ao nobre Egas, mas ele me perdoará. O cavaleiro neste momento está com a rainha, e eu vou conduzir-te aos seus braços.

De feito, o conde beijava afetuosamente a mão de Dulce. O seu gesto era tão sereno e alegre; as suas palavras pareciam vir tanto da alma, e falava com tanta certeza do amor de Egas, que a desgraçada caiu no laço infame que Fernando Peres armara. Sucessivamente ela empalidecera e corara, e as lágrimas que lhe rebentavam dos olhos misturavam-se com o sorrir dos lábios: o seu coração abria-se à felicidade depois de tanto padecer devorado em silêncio, como a flor açoitada por noite de ventania desabrocha ao asserenar da manhã com os primeiros raios do sol.

– Oh que essas palavras são suaves; são para mim o céu! – exclamou Dulce. – Sou eu que devo lançar-me a vossos pés, senhor conde, beijando a terra que pisais, e sois vós que deveis perdoar-me, porque vos detestei e amaldiçoei quando queríeis unir-me a Garcia Bermudes, a esse nobre cavaleiro que eu amaria com todo o amor que ele merece, se o meu coração fosse livre. Era fazer a minha ventura que vós pretendíeis, e eu insensata maldizia e odiava o meu anjo da guarda, o meu segundo pai! Punir-me-ei, fazendo a confissão que mais custa ao pudor: amo Egas; ele tinha de mim o juramento de antes morrer que traí-lo. Há um momento eu tremia, porque soubera parte do que me dizeis: soubera que ele estava em Guimarães como mensageiro do infante. Era uma angústia intolerável a minha: vós me arrancais de um abismo.

– Mas tu, minha Dulce – continuou o conde no mesmo tom –, não dizes tudo. Ontem à noite certo cavaleiro entrou disfarçado em Guimarães...

– Tendes razão, senhor conde – interrompeu a desgraçada. – Aqui neste horto ele veio jurar-me de novo o que me jurara três anos antes, que amava a sua Dulce com o mesmo amor ardente e ilimitado. Perdoar-me-á minha mãe adotiva?

– E por que não? – atalhou Fernando Peres. – Não sabe ela o que é o amor de uma donzela, louquinha? Àqueles que favoreceram a arriscada tentativa de Egas é que eu não sei se ela perdoará; porque foi falta de lealdade.

– Deitar-me-ei aos pés da minha boa rainha – acudiu Dulce – para que perdoe ao pobre Abul-Hassan...

– É verdade... a Abul-Hassan – interrompeu de novo o conde com alguma hesitação, como quem começa a achar o fio de um labirinto intrincado. – A esse ainda será fácil... Falou-me nele o bom Egas... Mas cavaleiros que devem preito e menagem a D. Theresa!... Gonçalo Mendes que o seguiu ao arraial de meu senhor o infante... Enfim tu sabes o resto: bem vês que em tais casos, apesar de uma reconciliação completa...

– Não sei mais nada. Desde que Egas partiu ignoro tudo... juro-vos que o ignoro. Mas que importa? a rainha...

– Demônio! – bradou o conde mudando repentinamente de tom e de gesto. – Que não posso achar a urdidura[282] desta negra teia! Não sabes mais nada, mulher? Pois eu sei de ti o que desejava! Miserável, que apenas os olhos da águia se cravaram nos teus, sem rubor lhe patenteaste a tua infâmia! Insensata! Creste que eu podia ter paz com rebeldes, e ouvir pacientemente as amorosas endechas de um jogral da vil e detestável raça dos Gastos de Riba de Douro? Em tudo o que te disse há uma verdade só! Egas está em Guimarães. Está em meu poder, e eu já lhe preparei o seu leito de noivado: uma bem segura ameia da torre albarrã, e uma boa corda de cânhamo de quatro ramais. Linda e inocente donzela, amanhã ao romper da alva podes ver o teu gentil trovador. Olha para daqui mesmo; aí o hás de divisar dançando ao sopro rijo do vento. Quem canta deve saber bailar.

Às primeiras palavras do conde Dulce caíra fulminada. Mas as derradeiras a revocaram à vida com a imagem de uma terribilíssima realidade, como o réu, desfalecido no primeiro trato, se reanima crescendo a intensidade dos tormentos. De joelhos, com as mãos erguidas, os dentes batiam-lhe com força, e não podia dizer nada. Mas o terror da sua alma melhor o exprimia o gesto, que outra qualquer expressão.

– É a vida do teu querido jogral que me pedes? Não é assim? – disse o conde. – Pedes ao leão esfaimado do deserto que não devore a zebra que tem nas garras! Afrontou-me, e eu pago a afronta: reptou-me, e eu aceitei o repto. Morrerá morte infame de peão criminoso!... – E depois de uma breve pausa, em que Dulce o abraçava pelos joelhos, prosseguiu: – Nobre neta dos Bravais, não desonres o sangue de teus avós, arrastando-te aos pés do desprezível estrangeiro! Por quem sois, nobre dama, alevantai-vos.

– Não peço piedade para ele – murmurou Dulce –, bem sei que fora inútil esperá-la. Peço a morte para mim antes de ele morrer.

– De que me serviria a tua morte? – replicou o conde depois de cravar alguns momentos os olhos naquela fronte pálida, onde se pintavam todos os extremos do íntimo padecer. – Quero que vivas para chorares o galante jogral, e para com as

---

282. Tramoia

tuas lágrimas servires de pranteadeira à mui ilustre rainha, à tua mãe adotiva, que, espero em meus bons cavaleiros, há de amanhã ficar órfã de seu filho.

— Oh, senhor, lembrai-vos de que há um céu, e que no céu há justiça! Que mal vos fiz eu? Matai-me, matai-me!

— Sei que há céu e que há justiça; por isso a faço na terra. Sei mais! Sei que o céu é clemente. Quero sê-lo também. Egas ainda talvez pode evitar seu fado, o leão ainda pode largar a presa.

Um vislumbre de esperança surgiu e desapareceu no rosto demudado de Dulce.

— Meu Deus! — disse ela; e depois, deixando cair a fronte sobre o peito, suspirou: — Ai, é um pensamento vão!

— És tu que podes restituí-lo à liberdade — prosseguiu Fernando Peres. — Da tua boca pende a sua vida ou a sua morte. Serei misericordioso.

— Que pretendeis que eu diga? — exclamou a donzela numa espécie de exaltação ou antes de frenesi, e alevantando-se com a energia do peregrino, que se arrasta moribundo de sede por desvios pedregosos e áridos, ao ouvir o súbito murmúrio de uma fonte: — Jurar que vos entregarei minhas terras? Que me sepultarei num claustro? Que nunca mais o verei? Juro mil vezes! Salvai-o!

— Não é a pobreza da deserdada e o cativeiro perpétuo de monja que eu te peço em preço da vida de Egas... Sou mais generoso. Quero que vivas no meio dos deleites do mundo, na grandeza de nobre dama; quero que sejas amada por um homem digno de ti...

— Matai-me, matai-me! — exclamou a donzela caindo de novo aos pés do conde.

A imagem de Garcia Bermudes alumiara com a luz medonha do raio as trevas do seu martírio.

O conde continuou:

— Ontem prometi ante a rainha que tu serias mulher de Garcia. Esta promessa há de cumprir-se, ou tu serás a assassina daquele por quem trocas o alferes-mor de Portugal, o mais valente e gentil cavaleiro de toda a Espanha.

— Mas eu morrerei primeiro, senhor conde! Tende dó de uma desventurada.

— Não to aconselho. Se morreres, Egas te seguirá ao sepulcro.

— E se Garcia de novo recusar a posse da sua vítima? — interrompeu a infeliz, procurando ainda segurar-se na borda do abismo.

— Egas morrerá — respondeu tranquilamente Fernando Peres.

— Vós, homem bárbaro, juraste perder o desgraçado. Por violência nunca o generoso Garcia aceitará a minha mão.

— Por violência? — interrompeu o conde em tom de espanto. — Violento-te eu? Quero esquecer-me do meu ódio por amor de ti: tu não queres esquecer-te de uma paixão louca e impossível. Eis a que tudo se reduz. Cede, e Egas será salvo. Direi a Garcia que te arrependes dos teus desprezos; que queres ser sua. Se as tuas palavras, se o teu gesto não desmentirem meu dito, ele será feliz; e Egas, livre e persuadido de que o traíste, breve se esquecerá de ti. Faço a ventura de três; é por isso que me chamas bárbaro?

Dulce parecia sufocada: o arquejar do seio da infeliz soava como o de um moribundo. Foi o som que se ouviu por alguns momentos sussurrar nos seus lábios.

Finalmente com a energia da última desesperação que simula a tranquilidade, disse em voz submissa e lenta, mas firme:
— Serei mulher de Garcia Bermudes... Depois!...
— Depois o que aprouver a Deus e à Virgem Maria — respondeu o conde alçando os olhos devotamente e apontando para o céu.

O malvado saíra com seu intento. Voltou as costas a Dulce e desapareceu na escuridão do longo corredor que dava para a sala do conselho e para a sala de armas.

Nessa mesma tarde o muito valente e gentil cavaleiro Garcia Bermudes tinha recebido por sua mulher de bênção na capela dos paços de Guimarães a mui formosa e rica dama D. Dulce, senhora do solar e préstamos dos Bravais. Um banquete de boda estava preparado para festejar os noivos. O aposento destinado para a festa se atulhara de donas, donzelas e cavaleiros. Faltavam apenas D. Theresa e o conde. Este finalmente chegou, conduzindo pela mão a rainha até ela se sentar no estrado real. Apenas se assentou, chamou o pajem Tructezindo, que estava em pé atrás da sua cadeira de espaldar, e disse-lhe:
— Corre, e vai perguntar ao vilico do castelo se está bem segura a ameia do ângulo do norte na torre albarrã e se ele tem puída[283] e pronta a boa corda de cânhamo de quatro ramais.

XIV

Amor e vingança

*T*udo esqueceria na edificação de um castelo do século XI ou XII menos um bom e sólido cárcere, com troneiras bem estreitas e engradadas de grossas barras de ferro. Às vezes os aposentos eram mal reparados contra as injúrias das estações e os muros débeis e pouco vigiados; mas a masmorra sumida debaixo da torre maciça, escassamente alumiada, com seus alçapões de grosso carvalho, suas entradas ocultas, por onde em muitas ocasiões os nobres alcaides e senhores iam, não sentidos, praticar as atrocidades que se leem nas memórias daquela época, e a que ordinariamente dava origem a vingança ou a cobiça; esse aposento de angústia, dizemos, nunca deixava de ser construído com primor. O cárcere do castelo era quase sempre uma propriedade mais valiosa e produtiva que todas as terras, vilas, herdades e direitos anexos àqueles ninhos de pequenos tiranos: era uma espécie de laboratório de alquimia verdadeira, onde a pobreza de judeu, jurada e tresjurada pela toura, se convertia em chuva áurea; os argais ou trouxas dos bufarinheiros in-

---

283. Gasto pelo uso; gasto pelo roçar

gleses ou italianos se derretiam, como se fossem de cera, e aquelas abóbadas, frias e úmidas, como se fossem de metal candente; e até os alforjes do devoto monge ou do venerável clérigo se convertiam em escarcela bem provida de gastador prestameiro. As prisões dos lugares afortalezados que coroavam diferentes cabeços da Galícia e de Portugal eram uma espécie de providência que, em casos apertados, acudia milagrosamente aos donos ou tenentes desses lugares, quando os concelhos vizinhos sabiam defender as suas tulhas e adegas, ou os acostados do fidalgo casteleiro murmuravam por falta das soldadas, ameaçando abandoná-lo indefeso à revendicta dos outros nobres com quem trazia guerra de homizio.

Devemos crer, ao menos piamente, que o conde Henrique, na época em que alevantou o castelo de Guimarães, não lançou nos fundamentos do seu edifício soberbo um cárcere seguro e vasto com os intuitos de rapina que guiavam o comum dos senhores nestas tristes edificações. Ainda que algum documentinho de má morte provasse o contrário, cumpria-nos pô-lo no escuro, ou contestar-lhe francamente a autenticidade, porque o conde foi o fundador da monarquia, e a monarquia desfunda-se uma vez que tal coisa se admita. Assim é que se há de escrever a história, e quem não a fizer por este gosto evidente é que pode tratar de outro ofício.

Fossem, porém, quais fossem os motivos do conde, o certo é que não lhe esquecera o construir nas raízes daquelas torres e muralhas uma forte masmorra, cujo pavimento ficava inferior ao fundo do fosso lançado entre as barbacãs e as quadrelas do muro. Este lugar úmido e malsão apenas recebia a tênue claridade de duas troneiras que davam para a cárcova. Dentro, uma escada de pedra fechada no alto com um alçapão chapeado de ferro conduzia à escada superior da torre. Ao lado via-se um potro, do qual estavam pendurados alguns tagantes ou açoites de couro cru, cordas e mais aparelhos de tratos. Defronte uma polé pendente de grossa argola cravada na abóbada, e distante apenas da parede dois ou três palmos, oscilava quase imperceptivelmente com os golpes do vento que murmuravam pelas altas frestas ou troneiras. De um pilar grosseiramente afeiçoado, que sustinha ao meio da quadra o fecho da abóbada, saíam alguns grilhões ferrugentos, chumbados na pedra. Esses grilhões eram, como uma sangria em caso de apoplexia fulminante o é na medicina, um luxo de ciência de carcereiro, ou antes um pleonasmo mais intolerável que todos aqueles que costumam votar à execração pública os gramáticos e retóricos. Cadeias em tão seguro cárcere eram absolutamente inúteis, e de feito bem se mostrava que ali tinham sido postas como simples adereço e casquilharia de terror.

Um largo poial encostado ao pilar e coberto de uma pouca de palha meio podre formava, com os instrumentos de martírio, todo o adorno da masmorra. Deviam contentar-se desse escabelo[284] para se assentarem, desse leito para dormirem, os habitantes desta melancólica morada. E com razão: onde o exercício dos membros só podia ser feito nas dores e angústias dos tratos, era leito de repouso a laje fria do poial, e a palha já fétida, que o cobria, fofo almadraque de penas.

Um cavaleiro, cuja qualidade se conhecia pelas esporas douradas, que ainda conservava afiveladas sobre os balegões, e pelo cinto de prata que lhe aper-

---

284. Pequeno banco para descanso dos pés; tamborete, banqueta

tava o brial, estava aí assentado. Parecia cogitar profundamente. Quedo, com os cotovelos firmados sobre os joelhos e as faces entre os punhos; o vento, que redemoinhava pela espaçosa quadra, ondeando-lhe os cabelos desordenados, lhe fazia cair sobre o rosto algumas madeixas que lho encobriam. Um soluçar comprimido era o único sinal de vida que se lhe percebia: no mais, a sua imobilidade assemelhava-se à de um cadáver.

O sol inclinava-se para o poente. Os seus raios dourados, roçando pela borda do fosso, vinham, através de uma das troneiras, pintar um pequeno círculo avermelhado no pavimento da masmorra aos pés do preso, em cujo rosto batia a claridade pálida refrangida da laje branca. A luz do dia, ao desaparecer, como que se dobrava para afagar e beijar o desgraçado, que talvez não a tornaria a ver. Dir-se-ia que os raios do sol se prendiam aos cabelos louros do mancebo onde folgavam cintilando trêmulos, e que pediam àqueles olhos mortais e meio cerrados o último olhar de saudade com que o homem costuma despedir-se do astro esplêndido, quando ele se vai mergulhando na extremidade do horizonte.

E parecia que esta linguagem misteriosa achava no coração do cavaleiro uma dessas harmonias inexplicáveis que Deus estabeleceu entre a natureza e o homem no grande concerto do Universo. Afastou os cabelos da fronte: depois pôs os olhos no sol, e um sorriso quase imperceptível lhe fulgurou através do véu de melancolia profunda que se lhe estendia sobre as faces, como através do sudário[285] delgado unido a um corpo morto parece às vezes haver um rápido movimento de vida, que cessa no mesmo instante em que a vista pretende fixar essa ilusão passageira.

O mancebo alevantou-se, cruzou os braços e ficou por algum tempo com os olhos fitos na troneira iluminada. Finalmente levou a mão à fronte, e os seus passos vagarosos soaram de um para o outro lado do calabouço. Pouco a pouco os lábios agitaram-se-lhe como a superfície do mar que se encrespa aos primeiros sopros da procela. A tempestade acumulada naquela alma rebentou por fim dolorosa e terrível.

– Oh! – exclamou ele – como a vida é rápida e ao mesmo tempo eterna para o que sabe que vai morrer! Eternidade pelo infinito dos pensamentos que passam tumultuosos no espírito do condenado; rapidez pela ligeireza com que para ele se encaminha a hora tremenda! E que importa? Aqui entre injúrias, como um vil criminoso; no Oriente, misturando o sangue com a terra que bebeu o do Salvador; lá fora dessas muralhas, em nobre lide de cavaleiros: tudo é morrer! Que importa?...
– E depois de um brado de agonia, como respondendo a si mesmo: – Muito, muito! porque amo; porque a vida é doce para mim por ela! porque a morte ignominiosa é ignomínia para o amante do homem que expirou em suplício infame. Um cavalo e uma espada! Que me deem um cavalo e uma espada, e depois dez, vinte, cem guerreiros que me acometam, que me despedacem ferindo-me a um tempo! Cairei com honra! Dirão dela: "Eis a que amava um cavaleiro de esforço que bem soube morrer!..." Ao menos assassinai-me aqui!... Nos tratos... como vos aprouver... mas não mancheis de opróbrio a minha hora derradeira!... Infante de Portugal, infante de Portugal! Vem salvar-me! Olha que querem cobrir de infâmia o teu Egas!

---

285. Lençol que envolve o cadáver; mortalha

E Egas, porque era ele, parecia aspirar o ruído longínquo dos ginetes de Afonso Henriques precipitando-se para os muros de Guimarães; mas nos seus ouvidos apenas sussurrava aquele zumbido duvidoso que se crê escutar no meio de completo silêncio. Então atirou consigo de novo ao poial, e alevantou os punhos cerrados para o céu com um gesto indizível de desesperação. Depois os braços descaíram-lhe, a fronte pendeu-lhe sobre o peito, e as lágrimas que revia do seu coração, queimadas pelo fogo que lhe lavrava lá dentro, secaram de todo. Uma lembrança suave de amor convertera a agitação da amargura na triste e ainda mais dolorosa tranquilidade do desalento.

– Dulce, Dulce, nunca mais te verei! – murmurou o mancebo. – Se ao menos pudesse dizer-te que te amei leal e puro até o meu último dia, e que este amanheceu porque viu cumprir, como cumpri todas, a minha derradeira promessa! Se eu pudesse antes de deixar a terra antever o céu a teus pés!... Mas entre ti e mim estão estas pesadas abóbadas, que me esmagam o coração; e a minha voz não as pode romper para te chamar, para te repetir mil vezes que morro porque te amava como mulher nenhuma foi amada! Dulce, Dulce, nunca mais te verei!

E o desditoso, caindo de bruços sobre a palha imunda e fétida do calabouço, arquejava[286] violentamente.

Naquela postura, exaustas as forças da alma, o trovador se conservou horas largas. À vista dos homens, ele saberia esconder o seu delírio e morrer com firmeza; mas, na solidão, a saudade de uma existência cheia de amor e de esperanças, a vergonha de suplício afrontoso e o temor da morte lhe não consentiam velar-se diante de si próprio com a máscara que a vaidade e o orgulho põem na face humana ainda nas mais terríveis situações, para que a vida seja uma contínua farsa, da qual o coração é o ator mentiroso desde o berço até o sepulcro.

Tinha anoitecido, e o silêncio continuava profundo: a frouxa claridade das estrelas não penetrava no cárcere, cujas trevas eram densas, cuja atmosfera era grossa e úmida no meio da secura de um ardente mês de junho. Cevando-se na amargura, o senso íntimo de Egas reconcentrara na dor toda a sua energia, e este devorar-se a si próprio era ajudado pelo repouso dos sentidos externos, inúteis para o pobre preso na sua imobilidade e no silêncio e escuridão que o rodeavam.

Daí a pouco, porém, uma toada longínqua de harpas, doçainas e saltérios[287] sussurrou a espaços trazida nas lufadas do vento. Insensivelmente o trovador pôs-se a escutá-la, e sentiu correr-lhe nas veias, que pulsavam ardentes, um frescor que refrigerava. A melodia que se ouve ao longe na solidão noturna é como bênção de Deus para o infeliz, porque é consoladora e santa. Quando aqueles sons vibravam mais distintos, Egas sentia dentro da alma uma certa voluptuosidade na dor, e a imaginação lhe pintava a imagem de Dulce como visão aérea que descia ao horrível calabouço, trajando alvas roupas, cingida a fronte de cecéns virginais, e que, apertando-o ao seio, o arrebatava no meio de hinos de anjos para as delícias eternas da pátria do verdadeiro repouso. Era um sonho febril o seu; mas havia nele um êxtase indizível que lhe apagava da memória a situação em que viera lançar-

---
286. Respirar com dificuldade
287. Antigo instrumento musical de cordas, de forma triangular e muito conhecido na Antiguidade

-se. Enfim, a toada cessou e o cavaleiro caiu de chofre na realidade. Esse tombar repentino do céu no abismo fez-lhe manar sangue de todas as feridas do coração. O vento sussurrava ainda; porém o seu agreste sibilar só lhe fazia lembrar o ruído do verme que no cemitério devia lentamente devorar os membros do justiçado.

E então ele despedaçava entre as mãos confrangidas os punhados daquela palha úmida do seu leito de pedra; e os dentes rangiam-lhe em longo espasmo que terminava por suor frio manando-lhe em bagas da fronte.

Quantas vezes ele na sua desesperação acusaria a providência por o haver tornado o maior dos infelizes! E, contudo, uma agonia, que valera por todas as outras, ainda não viera roer-lhe o coração. As toadas que haviam alegrado por algum tempo a noite da sua alma partiam das salas iluminadas dos paços, onde em banquete esplêndido o conde e a rainha celebravam as bodas da real pupila e herdeira dos Bravais com Garcia Bermudes, o nobre alferes-mor de Portugal. E ele não o sabia!

O som dos instrumentos começara a ouvir-se de novo, quando por cima daquelas melodias vibraram brados agudos mas longínquos, que pareciam o grito de alarma de esculcas que se punham sucessivamente de sobreaviso. Esses brados aproximavam-se cada vez mais, até que restrugiram nas barbacãs, depois nos andaimes das quadrelas, depois nos eirados das torres. Repetidos por muitas vozes, conglobados numa grita confusa e indistinta, formavam um ruído medonho, mas, para o cavaleiro que maquinalmente se pusera a escutá-los, ininteligível.

Para alguém, todavia, a significação desse bradar fora bem clara e distinta. Uma almenara se acendeu subitamente no cimo da torre albarrã, e pouco tardou que as outras torres lhe correspondessem acendendo as suas. O trovador não as via; mas a luz avermelhada dos fachos resinosos, jorrando do alto, caiu obliquamente no fundo encharcado do fosso e refletiu-se pelas troneiras na abóbada da masmorra. Do meio das trevas, recalcadas por essa claridade frouxa para o pavimento da quadra, Egas distinguia a argola brilhante da polé, semelhante ao olho reluzente de um demônio que mirava atento o pobre cativo como se lidasse por enxergá-lo nas trevas.

De repente uma estrupida de cavalos, um tinir de espadas roçando por armaduras, a princípio de poucos, depois de mais, depois de muitos, veio distrair a atenção do trovador, que, fascinado por aquele olhar maldito da polé, não despregava dela a vista. Este novo ruído soava na banda do portal do castelo, e à luz triste das almenaras Egas viu passar como sombras além do fosso um fio de cavaleiros, que, despegando ao que parecia da ponte levadiça, se dirigiam ao burgo. Era uma cena rápida e fantástica o coriscar[288] contínuo e fugitivo dos capelos de ferro e das lanças aprumadas, e o desaparecer dos meios corpos dos homens de armas que a aresta da cárcova apenas deixava descortinar. Aquela linha de vultos negros e lampejantes precipitava-se para as barbacãs.

Uma esperança duvidosa alumiou então a alma do cavaleiro. O brado dos atalaias, o repentino arrojo dos homens de guerra anunciavam um perigo iminente; e que outro seria este perigo, que não fosse a aproximação do infante?... Pela mente de Egas passou uma ideia refrigerante de liberdade e de vida. Ale-

---

288. Relampejar, fuzilar

vantou as mãos ao céu, e as lágrimas lhe borbulharam dos olhos, até aí enxutos, ao murmurarem seus lábios: – Meu Deus, tu podes salvar-me! Salva-me, se não da morte, ao menos da ignomínia.

Mas quando se lembrou de que a noite correria sem combate, enquanto talvez não passasse sem que o desejo de vingança atroz se realizasse; quando refletiu que o receio dos esculcas porventura fora vão, e que até mil outros sucessos podiam dar motivo àquela revolta, a ideia de salvação desfez-se de novo no espírito do prisioneiro, que um momento vacilara na certeza do suplício.

Encostando-se outra vez na sua dura jazida, Egas sentiu alongar-se a estrupida dos cavaleiros e voltar tudo gradualmente ao anterior silêncio, no meio do qual a alcaridade das altas almenaras, refrangida nas guardas da cárcova, penetrava no calabouço, como em igreja deserta os raios da luz das tochas penetram pelas juntas mal-unidas do ataúde à roda do qual ardem os brandões gigantes. Às vezes dentro do ataúde há ainda vida, como a havia no negro calabouço; mas o que aí faltava, como na tumba da igreja, era um raio de esperança.

Passara mais de uma hora. A calada da noite fora apenas interrompida por algum raro correr de ginete atravessando a ponte levadiça, e pelo sussurro do falar e mover de muitos homens para o lado do burgo; sussurro quase imperceptível, mas que às vezes estrepitava como um trovejar ao longe. Então o cavaleiro escutava aquele som confuso como o enfermo que se revolve em seu leito e crê achar alívio nessa mudança de situação.

Foi numa destas ocasiões, em que o remoto ruído dos homens de armas, misturando-se com as rajadas de um vento suão, era mais perceptível, que uma pequena porta sumida em um canto obscuro do cárcere começou a abrir-se mansamente e deu passagem a alguém que descia para aquele tenebroso aposento.

Era um vulto de mulher. Alvejavam-lhe as roupas flutuantes à luz de uma tocha que trazia na mão, e os seus passos, posto que rápidos, pareciam vacilar descendo àquela espécie de voragem. Cingia-lhe a cabeça uma grinalda de flores e trajava as galas todas de uma noite de sarau; mas as suas faces eram pálidas como as da virgem morta que, também engrinaldada a fronte, deita no seu ataúde.

Já tinha dado alguns passos na vasta quadra, quando o trovador, cujo olhar fora atraído pelo clarão da tocha, bradou com um grito de alegria e pasmo impossível de descrever:

– Dulce!

Era ela de feito.

O prisioneiro correu para a donzela e exclamou com voz afogada:

– Oh minha Dulce!... Deus ouviu-me... quis que ainda uma vez te visse na terra... quis suavizar-me este longo morrer!

– Não morrerás! – interrompeu Dulce. – Estás livre! O infante avizinha-se: cavaleiros, besteiros e peões cobrem os andaimes das barbacãs; e a rainha quer salvar-te. A porta oculta deste horrível cárcere está para ti aberta. As minhas lágrimas obtiveram dela a chave, que, morrendo, lhe entregou o conde D. Henrique. Só de mim ela fiara o segredo de que existia este caminho secreto. Fernando Peres o ignora. Ele já saiu para o burgo, e a rainha o seguirá em breve, porque o conde a arrasta consigo para testemunha do sangue que amanhã deve correr. No meio do tumulto poderás sair de Guimarães: o teu pajem também já livre te espera com um ginete... Parte... oh, parte, sem demora.

– Partiremos ambos – replicou o cavaleiro. – Não esquecerias um palafrém para ti, uma espada para mim. Eu e tu temos de cumprir o nosso juramento.

– Egas – respondeu a donzela tristemente e redobrando-lhe a palidez –, o que exiges é impossível... impossível, porque o sol que breve há de romper alumiará um campo de batalha. Podes tu recordar-te de nossos juramentos quando diante de nós está um lago de sangue?

– E que importa? Além desse mar de sangue que dizes haverá paz para ti; e por entre inimigos e amigos eu te farei passar além dele. Então basta-me uma hora, e saldarei todas as minhas dívidas.

– O que exiges, repito, é impossível! – tornou Dulce com a energia tranquila de profunda desesperação. – Nestes paços eu ficarei segura... Depois... Se tu soubesses... oh, nada!... Absolutamente nada... Sou eu que não sei o que digo... Por Deus, que partas!... Um instante pode perder-nos.

– Partirei, e já – acudiu o cavaleiro dando alguns passos e fitando os olhos em Dulce, que se assemelhava a uma estátua de mármore. – Mas tu partirás comigo, porque eu jurei salvar-te, e tu juraste seguir-me.

– Tem piedade de mim, Egas! – murmurou a donzela erguendo as mãos.

– Vem! – foi a resposta que ele proferiu com o tom de uma resolução inabalável, segurando o braço de Dulce e pondo o pé no primeiro degrau da escada secreta.

De repente a palidez da donzela converteu-se em vivo rubor. A timidez desapareceu dos seus olhos, que brilharam febris, e, soltando-se da mão de Egas, lhe disse em tom dolorosamente severo:

– Afasta-te! Vedado te é tocar-me.

O cavaleiro recuou espantado, cruzou os braços e contemplou-a por alguns instantes em silêncio.

– Entendo-te! – exclamou ele com um acento em que se misturavam mil afetos opostos. – Não queres pôr à prova a lealdade de um homem que tudo arriscou por ti, que por ti só vivia, que por ti ia morrer em suplício infame!... Que era, pois, o teu amor, donzela? Passatempo e engano! Alguém mentia ainda há pouco, dizendo que hoje me seguiria: alguém escarnecia o meu amor, porque vendera sua inocência ao estrangeiro, e talvez me vendeu a mim! Dulce, quem disse ao conde de Trava que ontem estive aqui?

– Bárbaro, que afrontas a desventura! – replicou Dulce, cujas faces de novo haviam descorado. – Saberás tudo, já que assim Deus o quis... Poucos dias me restam; mas esses não os quero viver caluniada e desprezada por ti... Foi no meio de um banquete de noivado, quando as taças cintilavam erguidas, e as suspeitas carregavam o semblante do cavaleiro que devia estar mais alegre, e o coração da mulher que as outras invejavam estalava de dor; foi então que se ouviu correr pelas torres e atalaias o grito de *inimigos*; foi ao soar das trombetas, e ao desaparecerem os cavaleiros como relâmpagos, que a mulher, cujo coração estalava de dor, se achou só... Era a noiva: o esposo também partira. Então a desgraçada correu a lançar-se aos pés da rainha e obteve a tua liberdade... Sabes quem era esta noiva?... Adivinhaste-o já... Tive de escolher entre a tua morte e ser mulher de Garcia. Não hesitei. E, todavia, eu era burlada: e tu devias morrer... Agora aqui estou... Vem, se queres... Fugirás com uma adúltera!... Com uma adúltera... Será esse o nome que o mundo escreverá na fronte daquela que tanto amaste!

Egas ficou imóvel olhando para ela desorientado. Depois estendendo as mãos e recuando ainda mais, bradou com um gesto de horror:

– Perdição eterna para mim! Perdição para ti, que me assassinaste!

Dulce considerou calada por um momento aquele horrível delírio. Trêmula e cheia de terror caiu por terra murmurando entre lágrimas:

– Egas, perdoa-me o ter-te salvado! Por tua mãe, pelo nosso amor, que foi tão puro, oh, não me odeies! Quem sabe?!... Ante nós está a mocidade e o futuro... Foge... salva-te que ainda é tempo!

O cavaleiro, porém, conservando os braços estendidos e hirtos, voltou a face e respondeu furioso:

– Arreda-te, mulher do estrangeiro! Que pretendes de um condenado? Deixa-me descer ao inferno sem me perseguir até lá!... Fugir! Oh, eu fugir?!

E ria com um rir medonho.

Dulce arrastou-se para ele soluçando.

– Vai-te – prosseguiu o trovador; e afastando-se até o primeiro degrau da escada que dava para o alçapão ferrado da masmorra, e levantando a voz: – Carcereiros, levem esta mulher sem pudor, que vem tentar um moribundo na hora solene do passamento!

– Tudo por ti, menos a infâmia – interrompeu Dulce, com resolução sobre-humana, pegando na tocha que ardia no chão e retirando-se para a porta oculta. – Morrerás... mas eu não tardarei após ti... Num mundo melhor tu me farás justiça!...

Não pôde dizer mais nada, e desapareceu no vão escuro da porta, que se fechou atrás dela.

Um grito doloroso foi o que então se ouviu; e depois profundo silêncio. Os joelhos de Egas curvaram-se debaixo dele, e encostou-se arquejando sobre os degraus da escada. Tinha acabado tudo para o desgraçado. Daria a alma aos demônios para ver diante de si Garcia Bermudes naquele momento, porque sentia devorá-lo a raiva de um tigre. O sangue do seu rival fora um refrigério para a febre que o consumia. A sua existência era um pesadelo monstruoso, um caos de dor e desesperação. Com os punhos cerrados, ameaçando o céu, bradou: "Providência... mentira!" Então, como aterrado da blasfêmia, cobriu o rosto com as mãos e murmurou: "Perdão, meu Deus!" As lágrimas rompiam-lhe violentas. Um instante mais que elas tardassem, aquele coração teria deixado de bater para sempre.

Poucos minutos, porém, haviam passado quando um ruído de cadeias, acompanhado de ranger de quícios, soou por cima da cabeça do cavaleiro. Maquinalmente ele alçou a cabeça: o pesado alçapão de carvalho chapeado de ferro aleantava-se lentamente e, quando rodou de todo, a luz brilhante de dois fachos jorrou pela escada e alumiou parte da masmorra. Dois homens de armas estavam no alto da escada com os fachos nas mãos, e um monge de negro, que aparecia no meio deles, começou a descer a escada. O trovador pôs-se em pé e, estremecendo involuntariamente, recuou. O monge com o rosto sumido no capuz, e movendo-se compassadamente, era uma aparição sinistra.

Apenas este pôs os pés no pavimento do cárcere, fez sinal aos dois homens de armas que se retirassem e dirigiu-se ao preso. Cruzando as mãos sobre o peito e curvando a cabeça, disse com uma voz grossa e contrafeita:

– *Dominus salvationem nostratibus et coetera*[289].

– Quem sois vós? Que me quereis? – perguntou o preso, que se afastara sumindo-se na escuridão do cárcere, onde não batia a luz dos fachos.

– O nobre conde de Trava mandou chamar ao mosteiro de São Salvador um sacerdote que absolvesse um homem que devia morrer breve. Recebi eu a mensagem e vim exercitar essa obra de caridade. Creio que sois vós que figurareis no auto. Ouvirei vossa confissão quando vos aprouver, meu irmão!

Isto disse o monge com tom solene e em voz alta, de modo que fosse ouvido dos dois homens de armas que se iam retirando. Aproximou-se ao mesmo tempo do cavaleiro e, segurando-lhe o braço, o conduziu para ao pé de uma das troneiras, por onde entrava o clarão baço das almenaras. A luz dos fachos tinha desaparecido.

O frade recuou o capuz e, mudando repentinamente o metal de voz grossa em aflautada, prosseguiu:

– Não me conheces, Egas? Não te lembras de Dom Bibas, do jogral galhardo, com quem brincavas na tua infância? Ingrato, que te esqueceste de mim.

– Chocarreiro, para que vens aparecer-me neste transe tremendo? – interrompeu o trovador. – Por que vens misturar a risada do maninelo com os derradeiros arrancos do moribundo?

– Venho salvar-te, homem! – replicou o bobo. – Rir-me?! O rir já não é para mim!

– Nem tu o podes, nem eu o quero – respondeu o cavaleiro. – Tens acaso força de quebrar estes ferros? Tenho eu que fazer da vida? O meu futuro acabou.

– Cavaleiro namorado, bem sei que tua dama é já de outrem! – insistiu o bobo. – Mas não achas uma ideia grande de que te alimentes ainda? Um destino a satisfazer? Um nobre feito a perseguir? Também para mim, nesta vida risonha e folgada de bufão, houve uma hora de agonia e desesperação como a tua, e vivi! Vivi para vingar-me: para a vingança deves tu viver, se és um homem. Mal sabes que prazer é o responder com a injúria à injúria, com o martírio ao martírio! Olha: amanhã há um topar em cheio de escudos e lanças, há uma festa de sangue e matança; e o cavaleiro esforçado poderá pôr um joelho sobre os peitos do seu inimigo derribado, e gritar-lhe aos ouvidos, apontando-lhe o punhal à garganta: "Sou eu que te mando aos infernos!" Oh, como será bom e consolador! Quisera ser forte e ser cavaleiro... Mas tu o és: tu, o abandonado, podes abrir a vala dos mortos entre o altar e o leito do noivado; converter em escárnio e mentira as bênçãos do sacerdote; ver a teus pés estorcendo-se moribundo o que assassinou a tua alma, e cuspir-lhe nas faces demudadas, e rir... desesperá-lo com o teu rir... É tudo isto o que há para ti na vida, se fugires. Se ficares, ao romper de alva subirás a uma das

---

289. Do latim "Salva-nos a nós todos Senhor"

torres deste castelo para aí assistires mudo e quedo às façanhas do teu rival; mudo e quedo pendurado de uma corda do alto das ameias, como um judeu vil, como um feiticeiro maldito...

– Oh, não digas mais! – interrompeu o cavaleiro como embriagado e frenético pelo horror e pela vingança que respiravam as palavras, o gesto, o olhar de Dom Bibas. – Não digas mais! Tens razão, o vingar-se é o prazer supremo de um réprobo! Não aceitei *dela* a liberdade: aceitá-la-ei de ti... Depois... depois, Deus se compadeça de mim.

– Não há tempo a perder – prosseguiu o bobo começando a despir a cógula que trazia vestida. – Toma este hábito e sai, curvado e escondendo o rosto: os guardas não te conhecerão. Dirige-te ao pátio principal do castelo; junto à torre da esquerda é a pocilga do truão. A porta estará aberta; lá dentro, por detrás da minha pobre enxerga, é a entrada de um caminho subterrâneo. Segue-o: irás sair bem perto do sítio aonde dizem que chegam os corredores do infante. O resto pertence-te a ti.

– Mas qual será a tua sorte quando na hora fatal os algozes, buscando a sua vítima, só te encontrarem a ti? – disse o cavaleiro hesitando.

– Pensas tu que, se a cabeça me corresse algum risco, eu a exporia por te salvar? Oh que não! Também tenho a minha vingança e quero folgar depois de a ver satisfeita. Deixar-me-ão aqui; porque o conde de Trava não voltará esta noite: e amanhã... oh, amanhã... Gonçalo Mendes da Maia virá soltar-me... Sei certo que há de vir.

E apontando para a escada, repetiu:

– Não há um momento a perder.

O cavaleiro calou-se e, carregando o capuz sobre os olhos, subiu a escada e, atravessando por entre os guardas, que mal olharam para ele atentos a fechar o alçapão da masmorra, saiu da torre e encaminhou-se para o sítio que o truão lhe indicara. Os terríveis pensamentos que o agitavam produziam nele uma desusada energia.

Quando o bobo se achou só, semelhante a tigre raivoso, galgou de um pulo às grades de uma das troneiras: mirou o céu por alguns momentos, e depois, deixando-se cair em pé no pavimento, bateu as palmas bradando:

– Aragonês, aí te envio o meu vingador! conde de Trava, não tarda Gonçalo Mendes! Um castelo por vinte açoites! O truão é mais generoso que tu. Oh, oh...

E desatara a rir.

XV

Conclusão

A sorte das armas e a vingança de Dom Bibas tinham resolvido os futuros destinos de Portugal. Não foi esta a primeira vez, nem será a última, em que uma batalha ou uma caturra influam na existência ou não-existência, no modo de ser ou não-ser destes corpos morais chamados nações, que apesar da sua individualidade, em rigor ideal e abstrata, não deixam de parecer corpos físicos, pela falta de vontade e inteligência.

Brava batalha se pelejara no campo de S. Mamede junto de Guimarães, onde a hoste do infante se travara com a de sua mãe e do conde de Trava. Depois de largo conflito, Afonso Henriques triunfara, e D. Theresa se vira obrigada a fugir com o soberbo estrangeiro, indo encerrar-se no castelo de Lanhoso, distante duas léguas do lugar do recontro.

Mas por que não procuraram os vencidos amparar-se dentro dos fortes muros e torres do castelo de Guimarães? É o que não nos diz a história. Pouco importa: di-lo-emos nós. A história não conheceu Dom Bibas, e Dom Bibas, muito em segredo o revelamos aqui aos leitores, nos oferece a chave deste mistério. O bobo tornara impossível semelhante arbítrio, e porventura ajudara a descer do céu a bênção que cobriu as armas de Afonso Henriques.

Este não se esquecera do modo por que e do caminho por onde o esforçado senhor da Maia escapara às garras do nobre tigre da Galícia. A lança de Gonçalo Mendes não reluzira enristada ao sol da peleja. Quando, porém, esta andava mais acesa e travada, vários besteiros, que se viam ao longe guarnecendo os adarves e eirados das muralhas e torres do temeroso castelo, começaram a vacilar e correr de um para outro lado, e daí a pouco alguns deles, tombando por entre as ameias, fizeram espadanar as águas encharcadas e verde-negras do fosso. Os habitantes do burgo, correndo a indagar a causa do terrível espetáculo que presenciavam, sentiram misturarem-se lá no alto as aclamações do infante com os gritos e gemidos dos que morriam. A ponte levadiça ergueu-se entretanto, e os burgueses, olhando de novo para os muros, viram-nos povoados de homens de armas, em vez de besteiros, e hasteada na torre de menagem a signa de Afonso Henriques. O silêncio tinha lá em cima substituído os gritos de contentamento e de agonia. Então um som estranho lhes chamou a atenção. Olharam. Em uma das troneiras do cárcere do alcaide o truão do paço, com os braços estendidos fora das grades, batia as palmas, e viam-se-lhe reluzir os olhos e alvejar os dentes no meio de gargalhadas estrondosas. Por baixo da troneira um dos atalaias precipitados das ameias, atravessado de golpes, lutava nas ânsias da morte e se revolvia na água lodacenta da cárcova, a qual tingia com o próprio sangue. O bobo olhava para o besteiro com a voluptuosidade sangrenta de uma besta-fera. Era o cavalariço do conde que o havia açoitado. Daí a pouco Dom Bibas calou-se retirando-se da troneira subitamente; mas não tardou a aparecer de novo correndo pelos adarves e debruçando-se pelos eirados, de onde fazia visagens insolentes aos burgueses que olhavam para lá admirados. Os poucos que entre estes eram parciais do conde boa vontade tiveram de lhe enviar alguns tiros de besta: um caso, porém, inesperado veio divertir-lhes a atenção. As portas da igreja de São Salvador abriram-se de par em par, e dentro ouviu-se o som do melodioso órgão, enlevo das damas da corte da bela infanta, e o canto dos monges, que entoavam as orações do ritual antigo para chamar a bênção do céu sobre a cabeça do príncipe que devia voltar vencedor dos seus inimigos.

A revolta começava no burgo pela liturgia monástica. Não havia dúvida de que Fr. Hilarião tornara ao mosteiro, porque a voz fraca e trêmula do velho abade entoara as palavras do salmo *Deus se compadece de nós e os kyries*[290] dos outros monges haviam após isso reboado no templo e sido interrompidos novamente por Fr. Hilarião, que cantava: *Levanta-te, oh Senhor*, ao que os seus confrades respondiam na toada solene do canto gregoriano. Depois de várias orações, durante as quais muitos burgueses tinham sucessivamente entrado na igreja, seguia-se uma em que era necessário proferir o nome do príncipe para quem se invocava a proteção divina. Ousadamente, o bom do abade garganteou:

– Oh Deus, a cujos pés está o universo, e a quem obedece tudo sob o império do teu servidor fiel, o príncipe D. Afonso! concede-lhe tempos pacíficos, e piedoso afasta dele esta bárbara guerra, para que, regedor do teu povo, guiado por ti, senhor, obtenha paz no meio das gentes.

Ao acabar esta oração um leve ruído de aplauso sussurrou pelas janelas, mas logo morreu em atento silêncio. Fr. Hilarião continuou:

– Invocamos-te, senhor, para que sejas propício às nossas preces, tu que és o rei dos reis, e o dominador dos que imperam. Volve os olhos benignos para o nosso príncipe D. Afonso...

Ao repetir deste nome, proferido em voz mais alta, um brado de muitos brados retumbou pelas naves do antigo templo de D. Muma: o povo que o enchia escoou-se lentamente pelo escuro portal, e as aclamações ao infante, restruginado no terreiro contíguo, vieram reboar de novo pelas sacrossantas abóbadas.

Os homens de rua e os vilões, vendo o castelo e o mosteiro declararem-se pelo filho do conde Henrique – revoltar-se a torre de menagem e o ritual – entenderam que o burgo, assentado aos pés dos dois símbolos da força e da inteligência, devia imitá-los. Dentro de poucos minutos pelas vielas da povoação corriam os peões armados de fundas, de bestas, de ascumas[291], e fugiam para a campanha os besteiros do conde, que guardavam os valos e os cubelos da cerca exterior, acompanhados de apupos dos burgueses e de muitas pedradas e virotes disparados atrás deles. Então a ponte levadiça do castelo desceu, e alguns homens de armas saíram

---

290. Oração litúrgica que faz parte da missa e se inicia com a invocação "Senhor, tende piedade", recitada ou cantada
291. Pequenas lanças de arremesso

para o burgo. À sua frente vinha o Lidador, que se dirigia ao mosteiro, rodeado já da vilanagem, que o saudava e aclamava o infante, e que o senhor da Maia fazia afastar, para poder seguir avante, com boas contoadas de lança, segundo era direito e costume tratar peões em semelhantes autos. Dom Bibas, montado em um ginete do conde de Trava e ataviado com as suas louçainhas de bufão, seguia de perto o cavaleiro, rindo e fazendo visagens e momos[292], sem se esquecer de distribuir golpes de palheta à direita e à esquerda com toda a munificência de um truão real.

Entretanto, na hoste de D. Theresa se espalhara a notícia de que o inexpugnável alcácer de Guimarães sucumbira à traição, e que os inimigos tinham aparecido subitamente no seu recinto, como surgindo sob a terra. Esta nova fizera esmorecer os corações mais robustos; mas quando os homens de armas, besteiros e peonagem deixados no castelo e no burgo começaram a acolher-se fugitivos e malferidos aos pendões da hoste, e narraram os acontecimentos que os obrigaram a abandonar o seu posto, o desalento se tornou geral, e a vitória, até aí indecisa, principiou visivelmente a inclinar-se para o lado do infante. Os balsões variegados dos estrangeiros abatidos pela maior parte ante os ricos-homens portugueses; as alas vacilando e retraindo-se dos golpes furiosos dos seus adversários; os almogaures ou corredores, simulando voltearem para cometimento inesperado, mas realmente fugindo, davam já claros anúncios de próximo desbarato. Debalde o conde de Trava com a voz e com o exemplo tentava reanimar os brios dos seus cavaleiros; debalde se atirava como desesperado ao meio dos maiores perigos: a hora derradeira do seu domínio em Portugal tinha soado; e D. Theresa que, observando o combate de um outeiro onde estava assentado o pavilhão real, tremera a princípio pela sorte do filho, conheceu enfim que negro para ela e para o conde devia ser este dia fatal. Terrível momento foi para a bela infanta aquele em que as lanças de Fernando Peres e de Afonso Henriques se enristaram frente a frente. Fechou involuntariamente os olhos horrorizada. Ao descerrá-los de novo, descortinou o vulto agigantado do moço príncipe que sobrelevava aos mais corpulentos cavaleiros já muito longe dali, abrindo fundos sulcos por entre as mesnadas ou companhias dos nobres homens da Galícia. Os dois êmulos[293] do império tinham ferido em soslaio, e as ondas dos cavaleiros os haviam separado.

Nesta mesma ocasião dois guerreiros também rivais, mas rivais por um afeto mais violento ainda que a ambição, haviam visto enfim satisfeito o seu ódio, encontrando-se. Ao pé deles nesse momento só combatiam peões. Egas, com a tenacidade de um demônio, com a prudência tranquila de um rancor implacável, se esquivara a todos os grandes riscos da batalha, espiando o instante em que Garcia Bermudes, arrastado pela ebriedade do combate, se afastasse dos cavaleiros aragoneses que o seguiam. Esse instante chegou: o alferes-mor correra ao meio de uma ala de besteiros que recuava diante dos fundibulários da beetria de Gontingem. Alguns golpes do seu montante deviam bastar para afastar aquela nuvem de peões desordenados. Um cavaleiro, porém, semelhante ao nebri que se arroja sobre a preá, se dirigia para ele a todo o correr do cavalo. Parando, o esforçado Garcia

---

292. Escárnios
293. Adversários

esperou-o a pé firme. Sem saber por que, o coração batia-lhe apressado.

Era Egas. A pouca distância do alferes-mor o guerreiro sofreou o ginete, como se aspirasse o cheiro do sangue que ia correr; como sorrindo à ideia de que naquele lugar a morte teria uma nobre vítima. Ele ou Garcia? Que lhe importava? Um ou outro. Para o que perecesse como para o que triunfasse, o dia seguinte tinha de ser um dia de repouso e de paz.

Entre os dois proferiram-se algumas palavras. Eram baixas e rápidas: ninguém as ouviu; mas deviam ser atrozes. Quase a um tempo o montante de Garcia faiscou batendo no elmo do seu adversário, e a acha-d'armas de Egas esmigalhou o escudo do aragonês; depois por longo tempo não soou ali senão o restrugir do ferro no ferro, o ranger de dentes, e um rir sumido, mas infernal. Riam porque o sangue lhes começava a rever das armaduras rotas e aboladas. Os cavalos arquejavam sob as suas redes de malha, e sob os pesados arneses de seus donos, que em pé nos estribos e apertando-os entre as duras joelheiras de ferro os faziam bater de peitos um no outro, e misturarem a escuma ensanguentada que lhes cobria os freios e salpicava as crinas. Os pobres animais meneavam-se já a custo, e as forças e o ânimo feroz dos cavaleiros não quebravam, antes pareciam crescer. Quase ao mesmo tempo os ginetes ajoelharam e caíram; mas de um salto os dois adversários ficaram de pé com a espada na mão. Os besteiros e fundeiros que os cercavam tinham cessado de combater, e consideravam com terror aquele espetáculo, como se uma voz de cima lhes houvera dito que esse combate era um repto de morte. Dava-lho, porém, a conhecer um tremendo sinal: ambos destros no pelejar, nenhum curava de resguardar-se dos golpes do seu adversário, atento só a feri-lo. Naquelas almas repassadas de furor, dos dois pensamentos de vida e de morte, não cabia senão um, e era ao segundo que ambos exclusivamente se abandonavam.

Por fim o cavaleiro de Riba de Douro começou a levar visivelmente a melhoria ao generoso alferes-mor. Este não previra o recontro que o aguardava: o ódio de Egas havia, porém, calculado placidamente tudo. Assim, pela primeira vez ele deixara de combater ao lado do infante, vendo-o cercado de inimigos. Como a luz do astro da noite se desvanece ao subir no oriente o sol, do mesmo modo o ardente fogo da amizade amortece e se apaga quando se acende ou fulge o facho das duas mais ardentes paixões humanas: a vingança e o amor.

Depois de largo pelejar, o braço de Garcia deixou de responder à sua vontade enérgica. A espada não lhe escapou, porque lha prendia ao braçal uma cadeia de ferro; mas a mão não podia apertá-la. O bom cavaleiro sentiu as asas da morte roçarem-lhe frias pela fronte e gelarem as bagas de suor que lha banhavam: vergaram-lhe os joelhos, e no lume baço dos olhos centelharam-lhe como duas fachas trêmulas e rápidas de fogo vivo: vacilou e caiu. Caiu para nunca mais se erguer. Dulce! – foi o seu último murmúrio; o último som que ouviu, um rugido de tigre; a última luz que viu, o lampejar de um punhal, que lhe descia entre o camal e o saio. Não fez um movimento, um gesto de súplica; não esperou nem quis piedade. Não a queria vencido; não a teria vencedor; não podia esperá-la.

Ao arrancar o ferro fumegante do coração do aragonês, Egas sentiu os gritos de desalento e temor dos peões inimigos, que fugiam aterrados vendo o termo daquele duelo fatal, enquanto os vilões de Gotingem lhes despediam uma nuvem de setas e pedras, acompanhadas de injúrias e ameaças. Com um sorrir doloroso o trovador olhou largo tempo para o cadáver do seu rival. Depois, chamando alguns besteiros lhes disse:

– Fazei umas andas de troncos de árvores e transportai este cadáver ao mosteiro de Guimarães. Lá deveis encontrar quando aí chegardes o abade Fr. Hilarião. Dizei-lhe que Egas Moniz, o moço, lhe pede uma tumba e uma sepultura honrada para tão nobre e valente cavaleiro. Dizei-lhe, também, que a minha promessa desta noite há de cumprir-se, e que ainda hoje nos veremos!

– Ver-nos-emos! ver-nos-emos! – repetiu ele em voz baixa enquanto os soldados começavam a executar o que lhes ordenara. – Após o cadáver do que dorme o último sono, o daquele que respira e parece viver: também eu terei o meu momento!

E apesar de malferido e com o arnês despedaçado montou no cavalo que lhe ofereceu um almocadém de peões, e partiu à rédea solta para onde entre nuvens de pó se viam ao longe fulgurar as espadas dos pelejadores.

Mas não era peleja. Era um encalço, uma carnificina de vencidos. A todas as novas aterradoras vindas de Guimarães acrescera a morte de Garcia Bermudes, que os besteiros fugitivos tinham espalhado. O conde de Trava retirava--se combatendo ainda, socorrido por alguns cavaleiros mais esforçados; mas o comum dos homens de armas fugia desordenadamente. A sorte do alferes-mor quebrou enfim os brios até dos mais destemidos.

Quando se conheceu claramente para que lado se inclinava a vitória, D. Theresa esqueceu-se de que era mãe, esqueceu-se da altivez e dureza de Fernando Peres, para se lembrar só de que era amante e rainha, e de que mais de uma vez o som da sua voz tinha bastado a infundir ousadia invencível no ânimo dos seus guerreiros. Montou num palafrém e acompanhada unicamente de um pajem e de dois escudeiros desceu ao campo, deixando na tenda as suas damas e donzelas, que choravam e rezavam cheias de medo, e horrorizadas das cenas de extermínio que passavam na planície.

E as duas hostes, travadas, enredadas, envoltas no pó, rolavam como uma nuvem tempestuosa afastando-se para longe do outeiro, onde estava alevantado o pavilhão da bela infanta. O sol inclinava-se para o ocidente e o poderio da filha de Afonso VI ia fenecendo como ia fenecendo o dia.

Subitamente do meio daquele turbilhão de homens armados, saiu rápido como a seta um vulto galgando pela encosta e encaminhando a carreira do cavalo para o lado da tenda real; o vigia que velava à entrada chamou os demais guardas, que eram apenas alguns velhos cavaleiros pousados e um troço de besteiros do burgo.

O vulto era um homem de armas. Parou a certa distância da tenda e bradou aos vigias:

– Dizei à ilustre prestameira de Bravais, à nobre esposa do alferes-mor de Portugal, que seu marido e senhor lhe ordena se dirija ao mosteiro de Guimarães, onde ao anoitecer o achará esperando. Sem réplica e sem tardança deveis cumpri-lo, porque a lide perdeu-se e só desse modo se poderá salvar.

Ditas estas palavras o homem de armas desceu com a mesma rapidez o outeiro para o outro lado.

Dulce, que entre as demais damas de D. Theresa era a única tranquila, porque para ela já não havia na terra temor nem esperança, ouviu o bradar do mensageiro. Pareceu-lhe conhecer a voz que bradava; mas logo refletiu que era ilusão. Essa voz não podia chegar até aquele lugar, porque a abóbada de um cárcere a abafava, e porque semelhante mensagem, repetida por tal, boca seria monstruosidade impossível.

Entretanto, o cadáver de Garcia Bermudes fora colocado entre duas renques de brandões acesos no meio da nave principal do templo de São Salvador. Além das grades, que segundo o antigo costume separavam a capela-mor do corpo da igreja, os frades salmeavam as orações da tarde. Subitamente um cavaleiro com as armas rotas e cobertas de pó entrou, e seguindo por uma das naves laterais foi encostar-se à última coluna junto do cruzeiro. Apenas o divisou, Fr. Hilarião, descendo da sua cadeira onde presidia ao coro, fez sinal para que se abrissem as cancelas de ferro, e encaminhou-se para o recém-chegado.

Falaram a sós largo espaço. O que disseram nenhum monge pôde perceber; mas notaram que o abade ao retirar-se trazia os olhos arrasados de lágrimas. O cavaleiro conservava-se encostado à coluna sem movimento, semelhante ao cadáver que jazia no féretro[294] colocado no meio do templo.

Passou uma hora. A noite tinha descido. A luz variegada das vidraças não se repintava já nas alvas lajes do pavimento. Fr. Hilarião, acabadas as orações, chamara para junto de si os monges, a quem ordenou o que quer que fosse. Alguns saíram mas não tardaram a voltar; os outros tornaram aos seus estalos ou sedes, onde assentados cabisbaixos e de braços cruzados pareciam, no volver de quando em quando a cabeça para o cruzeiro, esperar algum acontecimento extraordinário.

No âmbito da igreja silenciosa ouvia-se apenas o respirar constrangido e violento do recém-vindo, e às vezes o crepitar das tochas que ardiam ao redor da tumba.

Este silêncio, porém, quebrou-o um tropear lento de cavalos soando do lado da galilé ou alpendrada que rodeava exteriormente o edifício, e que segundo o costume da época servia de cemitério ao mosteiro. O ruído aproximava-se cada vez mais, até que finalmente parou junto das portas abertas ainda de par em par.

Uma dama com a cabeça coberta de um véu branco, seguida de um pajem que trajava as cores do alferes-mor Garcia Bermudes, entrou, e chegando ao meio da nave principal correu com os olhos aquelas arcarias: a igreja parecia deserta, e apenas o habitador do féretro que ela via perto de si esperava solitário o instante em que o deitassem no seu leito de pedra. Uma lâmpada baça pendente sobre o altar-mor dava uma claridade moribunda, que se perdia no ambiente, e não deixava enxergar através dos cancelos os monges, vestidos de cógulas negras, que se conservavam assentados nos seus estalos em completa imobilidade.

Inútil é dizer ao leitor quem era a dama que entrara: ele o adivinhou já. Dulce

---

294. Ataúde; caixão; tumba; esquife

obedecera à mensagem de seu marido e senhor sem alegria e sem mágoa, sem confiança e sem receio, sem querer recordar-se do passado, sem pensar no futuro. A sua alma tinha-se abstraído da vida: as suas ações eram uma espécie de sonambulismo, ou antes os movimentos involuntários de um cadáver galvanizado. A solidão da igreja, os medos da noite, a presença de um morto não acharam já naquele coração triturado um sentimento de terror que despertassem. Voltou-se para o pajem e, com voz sossegada, disse-lhe:

– Meu senhor ainda não veio. Ide esperá-lo lá fora, e quando chegar dizei-lhe que Dulce cumpriu à risca, sem réplica e sem tardança, a sua mensagem. Ele foi quem tão-somente se demorou.

E o pajem saiu; e Dulce ficou em pé, com os braços pendentes e os olhos fitos na tumba: os seus joelhos não se dobravam, porque o orar não lhe traria a consolação. Nas desditas comuns da existência o espírito busca a Deus; mas a suma desventura é ímpia e incrédula, mais que a plena felicidade.

Também ser-lhe-ia impossível orar. Ouviu uns passos que davam nas lajes um som metálico. O recém-vindo encaminhava-se para ali vagarosamente. Dulce não mostrou um só indício de susto: despregou os olhos do féretro e cravou-os no desconhecido, com semblante sereno.

O cavaleiro chegou ao pé da nobre dama. Ela sentiu a sua luva de ferro segurar-lhe o braço; mas a mão que o segurava não sentiu esse braço tremer. Conduziu-a até à borda da tumba e, parando, apontou para esta:

– Dorme o sono do verdadeiro repouso – disse Dulce sorrindo. – Quem me dera dormi-lo também! Mas para que me trazeis aqui? Quem sois vós que vos atreveis a pôr mãos na mulher do alferes-mor de Portugal, que espera no lugar por ele aprazado a vinda de seu marido?

– Eterno que fosse o teu esperar seria inútil – respondeu o cavaleiro. – Ele te precedeu aqui. Fui eu que o guiei; eu que em nome dele chamei sua mulher; eu que os quero ver unidos. Eis quem eu sou; eis onde ele está.

E, puxando com força o pano negro da tumba, o cadáver de Garcia Bermudes com a sobreveste ainda ensanguentada, e com os olhos baços ferozmente abertos, apareceu diante de Dulce.

A desgraçada contemplou-o por alguns instantes; depois fitou a vista no cavaleiro: duas lágrimas caíam-lhe em fio pelas faces. Insensivelmente ajoelhou com a cabeça encostada ao féretro, e o murmúrio que sussurrava nos seus lábios era semelhante ao ciciar de tênue aragem passando na seara madura. Orava enfim: o sentimento do piedoso dever sobrevivia ainda naquele coração, aparentemente morto para todos os afetos. No gesto demudado do cavaleiro lampejou furor infernal ao ver Dulce naquela postura, ao ouvir as orações que murmurava. Segurou-lhe de novo o braço tentando erguê-la, mas Dulce alçou de novo os olhos para ele, e disse-lhe com voz branda e meiga:

– Egas, por que não rezais também por Garcia Bermudes? Era um nobre e generoso cavaleiro aquele que o destino quis fosse meu senhor e marido. Morreu defendendo sua rainha: Deus há de amercear-se dele, se vós lhe perdoardes como eu lhe perdoo o mal que involuntariamente nos fez, a desventura de que teceu os dias da nossa vida.

– Nem eu lhe perdoo, nem Deus se amerceará[295] dele – atalhou o cavaleiro com um sorriso atroz. Não! Para ele não há céu nem esperança. Morreu impenitente e maldito. Digo-to eu que o matei. Ouves, mulher de Garcia? Fui eu que o matei! Era uma lide medonha! medonha! Jogávamos alma e corpo. Quando um golpe me rompia as armas, eu sentia o seu ódio implacável viver ainda no gume do ferro que me sulcava os membros: ele devia sentir viver-me o ódio nos fios da minha acha-d'armas. Teu marido, mulher do estrangeiro, perdeu o lanço: vacilou e caiu. Não me peças que ajoelhe agora: ajoelhei então sobre o peito dele que arquejava... Foi para o assassinar! Era um ajuste entre nós... ajuste feito sem palavras; porque de palavras não se precisava aí. Viúva do aragonês, amaldiçoa o assassino de teu marido, e não rezes pelo condenado: as portas do inferno não se abrem com orações. Trocou o leito do noivado pelo dos tormentos eternos aquele a quem te prostituíste: deixa-o lá repousar, e não mistures um pensamento do céu na abominação da nossa existência.

O respirar de Dulce era agitado, e o rubor febril tingiu-lhe as faces enquanto o cavaleiro falou: depois empalideceu pouco a pouco, e em tom quase imperceptível respondeu:

– Deus te recompense, Egas, pelo bem que me fizeste com essas palavras! A tua imagem estava gravada na minha alma pura, santa, formosa: era um laço indissolúvel[296], o último laço que a prendia ao meu negro viver. Debaixo da lousa não podia vê-la e adorá-la porque lá o dormir não tem sonhos. Turbaste[297] essa imagem com o lodo de um assassínio: com a tua primeira covardia. Posso agora morrer. Só te peço que te afastes para eu não ouvir nem ver... Deixa-me expirar abraçada com a memória do passado, com a lembrança do nosso amor inocente; deixa-me até o fim amar o meu Egas; deixa-me esquecer de ti, que não és já ele! Egas, meu querido Egas... afasta daqui este homem vil e perverso, que ousa dar à tua Dulce o nome de mulher perdida!... Vem... oh, vem... meu Egas!

E a mal-aventurada, delirante já, estendia os braços para a imagem de Egas, que ela via diferente do que tinha ante si. Era o seu anjo da guarda que se livrava nas asas de fogo para guiar aquele espírito tão belo e meigo a refrigerar-se de tantos martírios no oceano das consolações eternas.

– Oh, tu amas-me ainda! – bradou o cavaleiro com alegria frenética e selvagem. – Bem! Levantar-se-á uma barreira de bronze entre mim e ti, que aniquile o derradeiro clarão da esperança, se me conheces tão mal, que ainda na alma te possa restar um vestígio de esperança. Morrer! Tens razão! A minha amante poluída não pode ficar na terra. O sepulcro é o crisol[298] que te há de tornar pura. Morre, mas eu te seguirei em breve.

Estas últimas palavras restrugiram como um dobre nos ouvidos de Dulce. O cavaleiro afastou-se rapidamente, e chegando ao cruzeiro gritou:

– Eis-me aqui, meus irmãos!

---

295. Apiedar
296. Que não se pode dissolver, desatar, desunir
297. Tornar turvo, escurecer, tornar opaco
298. Aquilo que serve para experimentar e patentear as boas qualidades de alguém ou de alguma coisa

O altar-mor iluminou-se de súbito: os monges saíram dos seus estalos onde pareciam adormecidos. Aquelas duas fitas negras ondearam movendo-se para os cancelos abertos de par em par. O cavaleiro entrou e, por meio das duas fileiras de frades, aproximou-se do altar, junto do qual o velho abade rezava as orações marcadas no ritual beneditino para uma profissão monástica.

Acabadas estas, o órgão rompeu umas toadas tristes, e os coros de monges rezaram sucessivamente os sete salmos penitenciais.

Depois seguiram-se mais orações murmuradas com voz débil por Fr. Hilarião sobre a cabeça de Egas, curvado ao pé do altar.

E no fim delas um monge tomou da credência uma cógula, enquanto o abade arrancava ao cavaleiro a sobreveste franjada de ouro, enodoada ainda do sangue dele e do sangue de Garcia Bermudes. A negra cógula a substituiu então caindo como um sudário sobre a cabeça do noviço. O som do órgão havia cessado.

Mas um grito agudo e rápido, e um pequeno baque no pavimento da igreja soaram como duas notas mais tardias daquelas tristíssimas toadas. O anjo da guarda de Dulce voava para o céu através das solidões do espaço: uma alma o acompanhava.

No outro dia sepultavam-se em duas sepulturas diversas na galilé do mosteiro de D. Muma o alferes-mor da rainha D. Theresa e sua nobre esposa e herdeira dos Bravais, que expirara de dor, segundo se dizia, ao pé do féretro do seu ilustre e valente marido, morto na batalha do campo de S. Mamede.

Gonçalo Mendes da Maia, tenente por Afonso Henriques do castelo de Guimarães, e o abade de São Salvador assim o haviam ordenado, separando na morte aqueles que a bênção do sacerdote tinha unido para sempre na vida.

Foi um pequeno escândalo em que as beatas do burgo falaram muito, com variados comentários.

Um noviço do mosteiro, que ninguém conhecia, apareceu morto ao romper da alva do terceiro dia sobre a lousa da sepultura de Dulce. Na face da pedra tinha escrito duas compridas trovas, que um monge curioso copiou num pergaminho que guardou no cartulário do mosteiro, onde ainda no décimo sexto século se conservava. Quem as quiser ler procure-as na *Miscelânea*, de Miguel Leitão de Andrade...

Foi caso em que todos cismaram.

* * *

Provavelmente o leitor deseja saber o que foi feito de Dom Bibas, e das mais personagens desta importantíssima e mui verdadeira história. Dir-lho-emos em breves palavras.

A rainha e Fernando Peres, do castelo de Lanhoso, onde se haviam acolhido, se deram a partido ao infante, que aí os tinha cercado. D. Theresa apenas sobreviveu dois anos, e o conde regressou à Galícia, ao solar de Trava, que herdara de seu pai.

Dom Bibas reconquistou a paz de espírito com o gosto da vingança; e ainda por muitos anos alegrou os saraus de seu senhor D. Afonso. Morreu velho, deixando o importante cargo que exercitava aos dois célebres truões de Sancho I, Bonamios e Acompaniado.

Gonçalo Mendes tornou-se cada vez mais famoso por inauditas façanhas contra a mourisma, até que expirou às mãos dos sarracenos no recontro de Beja, como já de outra vez vos havemos contado.

O reverendo Martim Eicha voltou para a sé de Lamego, porque ninguém mais fez caso dele na corte, nem para bem, nem para mal. Lá comeu, bebeu, dormiu, rezou – umas vezes pelo *Alcorão*, outras pelo breviário.

O bom de Fr. Hilarião foi apagando como pôde, nos lautos banquetes de Afonso Henriques, as saudades de Egas; mas as diligências que fazia para esquecer a sua mágoa custaram-lhe a vida. Morreu de uma indigestão de dobrada, como alguns anos antes morrera o gordo bispo de Santiago, o venerável Ermegildo.

Deus se lembre de suas almas.